デート・ア・ライブ アンコール 10
DATE A LIVE ENCORE 10

【デート・ア・アフター　case-1　アニメ】

『今回は、アニメ『デート・ア・ライブⅢ』の振り返りをしていく。皆お待ちかね、私と士道の物語を描いた第三期。楽しんでもらえた？』

「いきなり何を言っているのだ折紙⁉」

突然語り始めた折紙に、十香は思わず眉根を寄せた。

すると折紙が、十香の頭にチョップを落としてくる。

「あたっ！　な、何をするの、だ……」

十香は目をぱちくりさせた。なぜだろうか、折紙の言っていることが理解できる気がしたのである。

「アニメ……そういえば、そういうことがあったような気がしてきたぞ……？」

「そう。何か三期で印象に残ったシーンはある？」

「む、そうだな。私はシドーとのデェトが――」

「ちなみに私は第十二話。私と士道のキスシーン。あそこは素晴らしかった。録画して繰り返し見ている。士道の台詞、『俺にはおまえが必要だ』は着信音に設定している。今度動画サイトに広告を流そうと思っている」

「何をしようとしているのだ⁉　というかおまえから聞いてきたのだからせめて最後まで聞け！」

十香はたまらず叫びを上げたが、折紙は気に留める様子もなく続けた。

「――思い返してみれば、あなたが私のことを『折紙』と呼んだのは、三期からだった」

「む……」

言われて、十香は感慨深げにうなずいた。

「……そうだったな。おまえが私のことを『十香』と呼び始めたのも、この頃からではなかったか」

「そう。このときから、私とあなたの関係性は大きく変わった。——昔の私は、精霊を悪しきものと決めつけ、あなたを傷つけてしまった。改めて謝罪したい」

「折紙……」

十香はふっと頬を緩めると、首を横に振った。

「気にするな。それに、その経験があったからこそ、私は今こうして最高の友を得ることができたのだ」

「——十香」

「私も、おまえの身体に傷を付けたことは一度や二度ではないだろう。すまなかったな」

「それは許さない」

「……………ん？」

「乙女の柔肌に傷を付けるなんて、ひどい。というわけで十香はペナルティとして、これから士道と会うとき、私のお面を被らなければならないものとする」

「今のは仲直りするやつではないのか⁉　というかなんだそのペナルティは——」

と、そこで、どこからか奇妙な音声が聞こえてきた。

——俺にはおまえが必要だ！——俺にはおまえが必要だ！——俺にはおまえが——

「電話。少し待って」

「本当に今のが着信音なのか⁉」

なんだかもう突っ込みが追いつかず、十香はただただ声を裏返らせることしかできなかった。

【デート・ア・アフター　case-2　本編】

「──というわけで、引き続き、アニメ四期の振り返りをしていくよー。いやー、しっかし驚いたよねぇ。まさか後半、少年とあたしのまんが道編が始まるなんて……」

二亜が感慨深げに腕組みしながらうなずく。それを聞いて、十香と六喰は訝しげに眉根を寄せた。

「待て二亜、四期はまだやっていないではないか！」

「むん。主様を修羅の道に誘うのはやめるのじゃ！」

二人が言うと、二亜はわざとらしく舌打ちした。

「ちぃっ、よくぞ見破った！　くっそー、今ならなし崩しに既成事実作れるかと思ったんだけどにゃあ」

二亜が唇を尖らせてから、話題を変えるように話を続けてくる。

「んじゃまあ、本編の振り返りでもしてみよっか。どうよお二人さん。思い返してみて、もっとこうしとけばなーってこととかある？」

問われて、十香と六喰は考えを巡らせた。

「シドーや皆と過ごした何もかもが、楽しい思い出だ。無論辛かったこともあるが、それが今という結果に繋がっているのだから、後悔はない」

「むん。むくも同じじゃ。主様や皆のおかげで、むくはこうしてここにいられる。その上姉様とも再会できた。他に何を望めよう」

その回答を聞いて、二亜がぎゅっと目を瞑った。

「ま、眩しい……二人が純粋過ぎて見えない……！」

二亜はしばしの間身を捩ったのち、肩をすくめながら続けてきた。

『……んー、終わりよければ全てよしってのは同意だけどさー、あたしとムックちんって登場遅かったわけじゃん。やっぱ出番的な意味で割食ってると思うんだよね。アニメ一期組に比べてグッズとか少ないしー』

『む、むん……？』

同意を求めるように言われ、六喰が首を傾げる。二亜はずいと顔を寄せ、『だからさ！』と続けた。

『登場順変えてみようよ登場順。もし序盤にあたしとムックちんが仲間になってたら、みたいな！』

「順番……？」

「ふむん。どうなるのじゃ……？」

十香と六喰は腕組みすると、ホワンホワンホワンホワン……と想像を巡らせてみた。

（何だって？　変身能力を持った精霊が、あたしたちの中の誰かに化けてる？　よっしゃあたしにお任せだ。てれれれってれー、ラ～ジ～え～も～ん～。――検索完了！　わかったよ。精霊が化けてるのはねー）

（ふむん。暴走した四糸乃が、あの氷嵐の結界の中にいると申すか。――【開（ラータイブ）】。さあ主様、この『孔』を通って安全に四糸乃の元へ向かうのじゃ）

「よくわからんが、いろいろ台無しな気がするぞ!?」

脳裏に浮かんだ想像に、十香は思わず叫びを上げた。

【デート・ア・アフター　case-3　新生活】

「……はっ！」
「むん……！」

十香と六喰は、同時に目を見開いた。
辺りを見やると、淑やかな印象の服に身を包んだ狂三や、六喰と揃いの制服を着た琴里の姿があることがわかる。どうやら皆で道を歩いていたようだ。

「いかがされましたの？」

狂三が、左右揃いの色をした目を細めながら問うてくる。十香は考えを巡らせたのち、口を開いた。

「いや……妙な夢を見ていたのだ。何やら折紙や二亜が、アニメがどうとか言い出してな……」

すると六喰もまた、困惑したようにうなずいた。

「むん。折紙はおらなんだが、むくも似たような夢を見ていた気がするのじゃ……」

「あらあら、お疲れですの？」

「ていうか今寝てたの？　器用だね！　二人とも」

狂三と琴里が笑いながら言ってくる。十香と六喰は一瞬目を見合わせたのち、小さく息を吐いた。

改めて、今の自分たちの状況を認識し直す。

そう。十香と狂三は大学に、琴里と六喰は高校に向かっているところだったはずだ。

「にしても、アニメかー。二亜はまだしも、折紙までそんなこと言ってたの？」

琴里の声に、十香は大きく首を前に倒した。

「うむ。私たちの物語がアニメになっているという前

提で話が進んでいた」

「むん。三期は既に放送済みで、四期も決まっておった。ついでに狂三が主役のスピンオフもあったのじゃ」

「あら、あら」

狂三が口元に手を当て、可笑しそうに微笑む。

「それは光栄ですわね。……でも、いつまでも寝惚けていてはいけませんわよ。さ、急いで参りましょう。早くしないと――」

「む……うむ、そうだな。そろそろ――」

「――撮影が始まってしまいますわ」

「…………ぬ？　撮影？」

「ええ。実写ドラマの」

「実写」

「ドラマ」

狂三の言葉に、十香と六喰は首を傾げた。

「そうそう。もう他のみんなは現場着いてるって」

「にしても、精霊時代のお話というのも難儀なものですわね。左目に時計柄のカラーコンタクトレンズを入れねばなりませんわ」

「ねー。私ももう高校生だし、中学生時代とは身長も体型も変わっちゃってるんだよね――……」

「琴里さんはまったく問題ないかと思いますけれど」

「どういう意味よ！　こちとら成長期なんだけど!?」

「……」

「……」

そんな狂三と琴里の背を見ながら、十香と六喰は目を見合わせ、互いの頬をつねりあった。

DATE A LIVE ENCORE 10

FriendKURUMI, PresidentTOHKA, AgainMANA, CampingSPIRIT,
WerewolfSPIRIT, AfterTOHKA

CONTENTS

デート・ア・ライブ アンコール10

橘 公司

ファンタジア文庫

2999

口絵・本文イラスト　つなこ

精霊
THE SPIRIT

隣界に存在する特殊災害指定生命体。発生原因、存在理由ともに不明。
こちらの世界に現れる際、空間震を発生させ、周囲に甚大な被害を及ぼす。
また、その戦闘能力は強大。

対処法1
WAYS OF COPING 1

武力を以てこれを殲滅する。
ただし前述の通り、非常に高い戦闘能力を持つため、達成は困難。

対処法2
WAYS OF COPING 2

――デートして、デレさせる。

デート・ア・ライブ アンコール 10

DATE A LIVE ENCORE 10

SpiritNo.6
Height 148 Three size B91/W60/H88

狂三フレンド

FriendKURUMI

DATE A LIVE ENCORE 10

身長は自分と同じくらい。体格はやせ形。

栗色《くりいろ》の髪《かみ》を三つ編みに結《ゆ》わえており、笑うと八重歯《やえば》がちらりと見える。

人懐《ひとなつ》っこい性格だが、少し強情《ごうじょう》なところがある。紅茶に入れる砂糖は一つ。住まいは郊《こう》外《がい》の戸建て住宅。飼っている猫《ねこ》の名前はマロン。

不思議と、学校の内外で一緒《いっしょ》に過ごすことが多い。彼女と話しているとどこか心が落ち着く――

山打紗和《やまうちさわ》という少女について時崎狂三《ときさきくるみ》に問うたなら、きっとそんな答えが返ってくるに違《ちが》いなかった。――親友の情報を聞き出そうという不審《ふしん》人物に、狂三が素直《すなお》に口を開けばの話ではあるが。

実際のところ、狂三は紗和の家族の次に、彼女に詳《くわ》しい自信があった。否《いな》、とある一点においてのみは、この世の誰《だれ》よりも彼女のことに詳しいと言ってもいいだろう。

何しろこの世界で、彼女の、死因を知っているのは、狂三だけであったのだから――


「――三さん。狂三さん」

「……！」

名を呼ばれて、狂三は小さく肩《かた》を揺《ゆ》らした。それに合わせて前髪がさらと揺れ、隠《かく》れた左目が覗《のぞ》きそうになる。

狂三は前髪を整えながら、いつの間にか俯《うつむ》きがちになっていた顔を上げた。視界に、教室の風景と、向かいに座る山打紗和の姿が入ってくる。

「もう、どうしたんですか狂三さん。ぼうっとして」

「ああ——いえ、昨日少し夜更《よふ》かしをしてしまいまして」

「そうなんですか？　あ、また動物の動画でも見ていたんでしょう？」

言って、紗和が笑う。唇《くちびる》の間から、ちらと八重歯が覗いた。

狂三は肯定《こうてい》も否定もせず、曖昧《あいまい》な表情でそれに返すと、小さく息を吐《は》いた。

時刻は一二時三〇分。昼休みの教室は、昼食中の学生たちでざわめいていた。狂三と紗和もその例に漏《も》れず、机を突《つ》き合わせて弁当箱を広げている。

どこにでもありそうな風景。ありふれた光景。交《か》わされる会話に深い意味はなく、為《な》される動作に意義が求められることもない。ただ代わり映《ば》えのない日常の一ページとして積み重ねられるに過ぎない、平凡《へいぼん》な景色。

——けれど、狂三は気づいていた。狂三だけは理解していた。今目の前に広がっている光景が、どれほどの異常と奇跡《きせき》に満ちたものであるのかを。

何しろ、今目の前で笑う友人は——とうの昔に死んでしまっていたのだから。

「…………」

否。狂三はふっと目を伏《ふ》せると、小さく首を横に振《ふ》った。

その表現は、間違いではないが適当でもない。自らの罪業《ざいごう》から目を背《そむ》ける『逃《に》げ』だ。

狂三は再度目を開けると、紗和の顔をジッと見つめた。

——自分が殺《あや》めてしまった友の、顔を。

そう。かつて、精霊《せいれい》になったばかりの頃《ころ》、狂三は彼女を殺害した。

とはいえ、別に紗和に恨《うら》みがあったわけでもなければ、事故や過失によるものでもない。

狂三は、始原の精霊によって怪物《かいぶつ》と化された紗和を『敵』と認識《にんしき》し、その身に銃弾《じゅうだん》を撃《う》ち込んでしまったのだ。

狂三と始原の精霊との、長きに亘《わた》る因縁《いんねん》の始点。復讐《ふくしゅう》の旅路の始まり。

〈刻々帝《ザフキエル》〉の力を以《もっ》て過去に舞《ま》い戻《もど》り、全《すべ》てをなかったことにするという狂三の目的は、この出来事に起因していたといっても過言ではなかった。

——そして今、狂三の目の前には、狂おしいほどに求めた『日常』が広がっていた。

「——紗和さん」

「はい、どうかしましたか、狂三さん」

「ふふ、呼んでみただけですわ」

「ええ……何ですかそれ。……他《ほか》の人にやっちゃ駄目《だめ》ですよ。絶対誤解させますから」

紗和が半眼を作りながら頬《ほお》に汗《あせ》を垂らす。そんなコミカルな表情に妙《みょう》な懐かしさを覚えながら、狂三はふふっと微笑《ほほえ》んだ。

そう。始原の精霊・澪《みお》との戦いとともに、全ては終わったのだ。

澪の死後、彼女の霊結晶《セフィラ》の力によって、かつて死んでしまった紗和や、狂三が目的のために『喰《く》らって』きた人々は、全て命を取り戻していた。

精霊たちは皆仲《みな》良く暮らしており、聞くところによると、魔力《まりょく》処理でボロボロだった真《ま》那《な》の身体《からだ》まで、綺麗《きれい》に治っていたという話だ。

まさに、冗談《じょうだん》のようなハッピーエンド。全てが思い通りに丸く収まった、夢のような世界が、今狂三の目の前に広がっていたのだ。

「そういえば狂三さん。例の件ですけど」

と、そこで何かを思いだしたように、紗和が指をピンと立ててくる。狂三は小さく首を傾《かし》げた。

「例の件、ですの？」

「ほら、部活ですよ、部活。今度見学に行こうって話してたじゃないですか。今日の放課後なんてどうです？」

「ああ――」

狂三は得心がいったようにうなずいた。そういえば、この前そんな話をしていた気がする。

確かに霊結晶《セフィラ》の力によって紗和は生き返った。けれどここはかつて狂三たちが生きていた頃から、二十数年を経《へ》た時代なのだ。全てがそっくりそのまま元通り――とはいかない。

そのため、紗和もまた、ダミーの支援《しえん》団体を通して〈ラタトスク〉の庇護《ひご》を受け、こうして来禅《らいぜん》高校に通い始めていたのである。

言い訳としては、紗和が当時の医療《いりょう》技術では治療困難な病気を発症《はっしょう》してしまったため、冷凍睡眠《れいとうすいみん》を施《ほどこ》して、治療法が発見されるのを待っていた――という具合だ。当時と姿形の変わっていない狂三も、同様の処置を受けていた、という設定である。

最初は戸惑《とまど》っていた紗和ではあったけれど、次第《しだい》に今の生活にも慣れてきたようだった。それこそ、狂三に「せっかくだし、部活に入ってみませんか？」と提案してくるくらいには。

「ええ、構いませんわ。何か気になる部でもありましたの？」

狂三が言うと、紗和は大きく首肯《しゅこう》して、鞄《かばん》からメモ帳を取り出した。

「はい。いくつか調べてみたんですけど、文芸部か、美術部か——あとはこの、猫科動物研究会ってところが面白《おもしろ》そうだなって」

「…………！」

紗和の言葉に、狂三はぴくりと眉《まゆ》の端《はし》を揺らした。

「あ、やっぱり気になりますか？　猫科動物研究会」

「いいえ、別に。そういうわけではありませんけれど……」

「え、そうですか？　じゃあ今日は文芸部を見学に行きましょうか」

「…………」

「ふふ、冗談ですよ。そんなにしょんぼりした顔をしないでください」

紗和が笑いながら言ってくる。そんなにわかりやすい顔をしていただろうか。狂三は頬をペタペタと触《さわ》った。

すると紗和が、一層笑みを濃《こ》くする。

「あ、やっぱりしょんぼりしてたんですね」

「……！　紗和さん、あなた」

「あはは、すみません、つい」

言って、紗和が小さく頭を下げる。

狂三は頬を膨《ふく》らせながらも、その懐かしい感覚に、やがて息を吐いた。

──嗚呼《ああ》、そうだ。彼女はよくこういう風に、自分をからかってくることがあったのだ。

改めて、自分の求めていた日常が戻ってきたことを理解して、狂三はふっと口元を綻《ほころ》ばせた。

◇

その日の放課後。狂三と紗和は連れ立って、部室棟《とう》へとやってきていた。

普段《ふだん》はもっと賑《にぎ》わいを見せる場所なのだろうが、今は比較《ひかく》的落ち着いた空気が漂《ただよ》っている。まあ、三月という今の時期を鑑《かんが》みれば、無理もないことではあったのだが。

主要な行事や大会は粗方《あらかた》終わり、あとは終業式を迎《むか》えるばかり。まさかこんな時期に、見学希望者が来るとは夢にも思うまい。

「さて、ここですの……？」

やがて狂三たちは、『猫科動物研究会』の看板が掲《かか》げられた部室の前へと辿《たど》り着いた。

扉《とびら》にはお手製と思《おぼ》しき猫や肉球のイラストがペタペタと貼《は》られており、独特な雰囲気《ふんいき》を醸《かも》し出している。なぜか猫のイラストには眼帯が着けられていた。

「………」

「どうかしましたか、狂三さん」

「……いえ、なんでもありませんわ」

紗和に声をかけられて、狂三は小さくかぶりを振った。

……なんだか妙な違和感《いわかん》というか、嫌《いや》な予感がしてならなかったが、きっと気のせいだろう。そう自分に言い聞かせて、狂三は『猫科動物研究会』の扉をノックした。

「失礼しますわ。部活動の見学をさせていただきたいのですけれど――」

そして扉を開け、そこで狂三はフリーズした。

何しろ――

「あら」

「あら」

「あら」

「あら」

狂三が部室の扉を開けた瞬間《しゅんかん》、狂三とまったく同じ顔をした四人の少女たちが、狂三とまったく同じ声で以て、そう言ってきたのだから。

そう。狂三の天使〈刻々帝《ザフキエル》〉、その【八の弾《ヘット》】によって生み出された、狂三の過去の姿を再現した分身体たちである。

否《いな》、もっと正確に言うのならば、全てが狂三と同じだったわけではない。

その四人の分身体たちは、それぞれ左目を、医療用の眼帯、血の滲《にじ》んだ包帯、フリルで飾《かざ》られたアイ・パッチ、そして刀の鍔《つば》風の眼帯で覆《おお》い隠していたのである。

一応皆高校の制服を着てはいるのだが、インナーが違《ちが》っていたり、袖《そで》や裾《すそ》からフリルが覗いていたりする。

そう。そこにいたのは、狂三の分身体の中でも特に厄介《やっかい》な四人――『狂三四天王』を自《じ》称《しょう》する個体たちであった。

「な、なぜこんなところに――」

「――わっ！」

狂三が戦慄《せんりつ》に喉《のど》を震《ふる》わせていると、狂三の肩越《かたご》しに部室の中を覗き込んだらしい紗和が、驚《おどろ》きの声を上げてきた。

「狂三さんがいっぱい……!?　ど、どうなってるんですかこれ……」

「……っ！」

狂三はハッと息を詰《つ》まらせた。

――見られた。それを認識すると同時、思考をフル回転させる。紗和に分身体の顔を見られてしまった以上、見間違いで誤魔化《ごまか》すことは困難だろう。しかしだからといって、事情を正直に説明するのは悪手中の悪手だ。何かおかしなことを言い出したと思われるだけならばまだしも、この出来事をきっかけに、彼女が精霊のことや過去の記憶《きおく》を思い出してしまうことだけは絶対に避《さ》けねばならなかった。

時間にして、二・五秒。極限まで圧縮された思考を経て、狂三はパンと手を叩《たた》いた。

「まあ！　お久しぶりですわね！　あなた方がこんな部活をやっていたなんて知りませんでしたわ！」

そして、あくまでおかしなことは起きていないという風を装《よそお》って、そんな声を上げる。

狂三はくるりと身体の向きを変えると、部室の中にいた分身体たちを紹介《しょうかい》するように手を広げた。

「紗和さん、紹介させてくださいまし。

——わたくしの、従妹《いとこ》と、二従妹《ふたいとこ》と、三従妹《みいとこ》と、四従妹《よいとこ》ですわ」

「…………へっ？」

狂三の言葉に、紗和はキョトンとした様子で目を丸くした。

「……ですわよ、ね？」

狂三は後方を振《ふ》り返ると、ギロリと睨《にら》み付けるように視線を送った。

分身体たちもまた『狂三』。理解は早かった。一瞬目を見合わせたのち、大仰《おおぎょう》にうなずいてくる。

「ええ、ええ。お初にお目にかかりますわ。わたくし……ええと、時崎眼三《まなみ》と申しましてよ」

「わたくしは、時崎包三《つつみ》ですわ。いつも『わたくし』……ではなく、狂三姉様がお世話になっております」

「あなたが山打紗和さんですわね。お名前はかねがね。わたくしは時崎甘三《あまみ》ですわ」

「それではわたくしは……時崎和三《かずみ》と申しますわ。以後お見知りおきを」

などと、眼帯の狂三、包帯の狂三、甘ロリの狂三、和ゴスの狂三が、順に挨拶《あいさつ》をする。

紗和は半ば呆然《ぼうぜん》とした様子でそれを見ていたが、やがて我に返ったようにハッと肩を揺《ゆ》らした。

「びっくりしました……狂三さん、こんなにそっくりな従妹さんたちがいたんですね」

「え、ええ……」

狂三は頬に汗を垂らしながら首肯した。咄嗟《とっさ》の言い訳であったが、どうやら一応は信じてくれたらしい。まあ、精霊《せいれい》や天使の知識がなければ、分身体などという発想は出てきよ

『――――』

うがないため、そう解釈《かいしゃく》する他《ほか》ないのだろうが。

するとそれを補足するように、四天王たちがうんうんとうなずいた。

「ええ、ええ」

「我ながら本当にそっくりで」

「よく五つ子と間違われますわ」

「五等分の時崎とはわたくしたちのことですわ」

「……あまり余計なことを言わないでくださいまし」

狂三は半眼を作りながら、小声で注意を発した。

「それより、何をやっておられますの、こんなところで」

「何を、と仰《おつしや》られましても。見ての通り、猫《ねこ》科動物研究会ですわ」

「ええ。主な活動内容は、野良《のら》猫さんの観察でしてよ」

「問題が全《すべ》て解決して完璧《かんぺき》な大団円」

「ならば、わたくしたちも少しくらい学校生活を謳歌《おうか》したいと思いまして」

「…………」

分身体たちの回答に、狂三はため息を吐《つ》きながら額に手を当てた。

確かに偶発《ぐうはつ》的とはいえ、澪の消滅《しょうめつ》とともに狂三の目的は全て達せられてしまった。分身体たちにとってみれば、突然《とつぜん》会社が倒産《とうさん》し、仕事がなくなってしまったようなものだろう。

分身体の寿命《じゅみょう》は、生成時に用いた『時間』の長さに比例する。過去の自分とはいえ、今まで狂三のために働いてくれた同志たちであることに変わりはない。狂三は彼女らに、残された時間を自由に過ごす許可を出していた。

──だが、よりにもよって、狂三と同じ学校にやってくる浅慮《せんりょ》な個体がいるとは思っていなかった。しかも四人。事情を知らぬ者が見たなら、軽くホラーな絵面《えづら》に違いなかった。

と、そこで何かに気づいたように、紗和が首を傾《かし》げてくる。

「そういえば、皆《みな》さんは狂三さんの従妹と二従妹と三従妹と四従妹……なんですよね？　一体おいくつなんですか？　私と狂三さんは、病気治療《ちりょう》のために二〇年以上冷凍睡眠《れいとうすいみん》させられていたらしいんですけど……」

「……っ」

紗和の言葉に、狂三は息を詰まらせた。確かに、当然の疑問である。整合性を保つための言い訳が、こんなところで足枷《あしかせ》になるとは。

「じ、実はこの四人も、同じ病気で同様の処置を受けていたのですわ」

「えっ、そうなんですか⁉」

「ええ。遺伝子上、その病気にかかりやすい家系だそうですの……」

背中を汗《あせ》でじっとりと濡《ぬ》らしながら、綱渡《つなわた》りのような言い訳をする。……あとで〈ラタトスク〉に相談して、その辺りの設定を詳細《しょうさい》に詰めておいてもらった方がいいかもしれなかった。

と、そこで狂三は、背に嫌な視線を感じた。見やると、四天王たちが何やらニマニマと笑《え》みを作っていることがわかる。

「……なんですの？」

「いいえいいえ、何も？　狂三姉様の言うとおりですわ」

眼帯の狂三がわざとらしく肩をすくめてくる。

すると、またも紗和が首を傾げた。

「でも、そこまで知ってるのに『久しぶり』って……狂三さん、目覚めてから皆さんと会ってなかったんですか？　この部にいたのも知らなかったみたいですし……」

「そ、それは……」

と、狂三が次なる言い訳を考えていると、助け船を出すように、背後から四天王たちが声を発してきた。

「いえいえ、それは狂三姉様に部のことを知らせなかったわたくしたちが悪いのですわ」

「別に狂三姉様のことを嫌《きら》いというわけではないのですけれど……」

「ほら、狂三姉様は少し自己中心的なところがありますでしょう？　言うことを聞かないとすぐ怒《おこ》りますし」

「それに、黒歴史と仰いますの？　狂三姉様、昔いろいろ拗《こじ》らせていたことがございまして、まだその片鱗《へんりん》が見受けられるというか……正直相手をするのがしんどいことがありますの」

「く……っ」

助け船ではなかった。眉《まゆ》を歪《ゆが》めて渋面《じゅうめん》を作る。

どうやら狂三の反応から、紗和の前では強く出られないことを察したのだろう。四天王たちが好き勝手に言ってくる。

狂三は、笑顔を崩《くず》さぬまま四天王たちの方に向き直ると、声は発さずにパクパクと口を動かした。

──お・ぼ・え・て・お・い・て・く・だ・さ・い・ま・し。

すると、引き際《ぎわ》を察したのか、四天王たちが視線を逸《そ》らしながら乾《かわ》いた笑みを浮《う》かべた。

「はあ……まったく。──紗和さん、見ての通りですわ。入るなら別の部にいたしましょう」

「え？　いいんですか、従妹さんたちもいらっしゃるのに」

「むしろ関《かか》わりたくありませんわ。野良猫さんの観察など常日頃《つねひごろ》からしておりますし、わざわざ部活動としてやるまでもありませんもの。紗和さんのおうちでマロンさんを撫《な》でていた方がよほどいいですわ。とにかく今日は帰りましょう」

「は、はあ……」

これ以上紗和と四天王を対面させていたら、どんな発言をされるかわかったものではない。狂三は、曖昧《あいまい》に返事をする紗和の背を押して、部室から出ようとした。

が――そこで、ぐいと制服の裾が引っ張られる。

「なんですの。止めても無駄《むだ》で――」

言いながら鬱陶《うっとう》しげに振り向き――ようやく狂三は自分の失策を悟《さと》った。

分身体とは、狂三の過去の再現体。

そのときどきのマイブームはあれど、基本的に好き嫌いは共通している。

つまりは――

「マロンさん……ですの？」

四天王全員、山打さん家《ち》のマロンさんが、大好きだったのだ。

それからおよそ二〇分後。狂三は沈鬱《ちんうつ》な面持《おもも》ちで通学路を歩いていた。

狂三の隣《となり》には紗和。そしてその後方には、きゃいきゃいと楽しげな声を上げる四天王たちの姿があった。

そう。あのあと四天王たちが、マロンに会いたいの大合唱をし始め、紗和がそれを苦笑《くしょう》しながらも了承《りょうしょう》してしまったため、皆で紗和の家へと向かっている最中だったのである。

ちなみに、狂三が人間であった頃、紗和の家で飼われていた猫のマロンは、既《すで》に寿命で亡《な》くなっていたのだが、それもまた澪の霊結晶《セフィラ》の力によって復活を遂《と》げていた。まあ、さすがにそんなことを紗和に話すわけにはいかないため、今いる猫は、当時のマロンの孫、マロン三世である、ということにしてはいたが。

「――にしても、マロンさんですの」

「久しぶり……いえ、狂三姉様にお話は伺《うかが》っていましたわ」

「ええ、ええ。是非《ぜひ》一度お会いしたいと思っていましたの。楽しみですわね」

「ああ、でも皆で撫でてしまってはマロンさんが疲《つか》れてしまいますわ。順番ですわよ」

などと、四天王たちが浮かれ調子でそんな会話を交《か》わす。狂三は大きなため息を吐くと、ちらと後方を見やった。

「……紗和さんが了承してしまった以上仕方がありませんけれど、きちんと節度を守ってくださいまし──眼三さん、包三さん、甘三さん、和三さん」

狂三が言うと、四天王たちは一瞬「誰《だれ》ですの、それ？」といった顔をしたのち、先ほど自分たちで名付けた偽名《ぎめい》を思い出したように首肯《しゅこう》してきた。

「ええ、ええ、もちろんですわ」

「この甘三にお任せくださいまし」

「………」

なんだかもの凄《すご》く不安だった。狂三はもう一度ため息を零《こぼ》した。

するとそんな様子を見てか、紗和があははと笑ってくる。

「皆さんも相当猫がお好きなんですね。さすが、狂三さんの親戚《しんせき》です」

「あら、あら。狂三姉様はそんなにマロンさんがお好きでして？」

和ゴスの狂三が面白がるように問うと、紗和は笑いながら首肯した。

「それはもう。昔なんて毎日のようにうちに来てはマロンと遊んでましたし。でも狂三さん、気恥《きは》ずかしいのか、マロンと遊びたいとはあんまり言わないんですよ。『一緒《いっしょ》に勉強しませんこと？』とか『いい茶葉が手に入りましたの』とか、毎回違《ちが》う理由をつけたがるんです。マイボールとかマイ猫じゃらしまで持参してくるのに」

「さ、紗和さん……！」

狂三が頰《ほお》を赤くしながら止めにかかると、紗和はさらに楽しげに笑みを濃《こ》くした。

……いや、分身体たちにもその記憶《きおく》はあるはずなのだが、なんだかこうして改めて言われると、妙《みょう》に気恥ずかしいのだった。

と、そんな話をしていると、いつの間にやら狂三たちは紗和の家に辿《たど》り着いていた。

当時の紗和の家を可能な限り再現してもらった、洋館風の一軒家《いっけんや》である。壮麗《そうれい》な青い屋根に、高い塀《へい》。庭には小さいながらも手入れの行き届いた薔薇《ばら》の花壇《かだん》が見受けられた。

紗和は慣れた調子で庭を通り、扉《とびら》の鍵《かぎ》を開けて家に上がると、来客用のスリッパを五足並べてきた。

「さ、どうぞ」

「ご丁寧《ていねい》にありがとうございます」

「では、お邪魔《じゃま》いたしますわ」

「………………」

促《うなが》されるままに靴《くつ》を脱《ぬ》ぎ、スリッパを履《は》く。するとそこで紗和が、不思議そうに首を傾げた。

「あれ？　いつもなら玄関《げんかん》から物音がしたら走ってくるんですけどね。――マローン？」

紗和が呼ぶも、家の中は静まりかえったままだった。

「あら、あら」

「来られませんわね」

「おかしいですね……」

紗和が怪訝《けげん》そうに眉根を寄せながら廊下《ろうか》を歩き、階段を上がっていく。狂三たちもそれに続いて二階へと歩いていった。

と――

「あ……」

二階の突《つ》き当たり――寝室《しんしつ》に入ったところで、紗和が目を丸くした。

理由はすぐに知れた。寝室の窓が、風に揺《ゆ》られてキィキィと音を立てていたのである。

しかも、カーテンには猫《ねこ》が飛び付いたと思《おぼ》しき小さな傷と抜《ぬ》け落ちた毛が見受けられる。

どうやら、鍵をかけ忘れた窓から、誤ってマロンが逃《に》げてしまったらしかった。

「嘘《うそ》、まさかこんなところから……」

紗和はそちらに駆《か》け寄ると、窓から身を乗り出して辺りを見回した。

が、当然と言えば当然であるが、マロンの姿は見当たらなかったらしい。はあとため息を吐《つ》いて狂三たちに向き直ってくる。

「すみません……逃げちゃったみたいです。ああもう、やっぱり三世もマロンの血筋だなあ……」

言いながら、紗和が髪《かみ》をくしゃくしゃとかく。そういえばマロンはなかなかのやんちゃ者で、昔もたびたび家からの脱出《だっしゅつ》を繰《く》り返していたのだった。

「あらあら……それは残念ですわね。仕方ありません。今日は――」

と、狂三はそこで言葉を止めた。四天王たちが、何やら一様に難しげな顔をしていたのである。

「……ふむ。逃げてしまいましたの。よりにもよってこの地域で」

「猫科動物研究会としては、一刻も早い保護を推奨《すいしょう》いたしますわ」

眼帯の狂三と包帯の狂三があごに手を当てながら唸《うな》るように言う。

「え？　お腹《なか》が空《す》いたら帰ってくるとは思いますけど……初代マロンもそうでしたし」

紗和が目を丸くすると、それに返すように甘ロリの狂三が続けた。

「実はこの一帯は、二つの広域指定野良《のら》猫団が熾烈《しれつ》な縄張《なわば》り争いを繰り広げていますの」

「広域指定」

「野良猫団」

狂三と紗和がポカンとした様子で言うと、和ゴスの狂三がこくりとうなずいてきた。

「ええ。双方《そうほう》武闘派《ぶとうは》で知られる、『三里尾会《さんりおかい》』と『不死虎組《ふじこぐみ》』ですわ。そんな中、所属不明の家猫がノコノコと歩いていたら……結果は想像に難《かた》くありませんわ」

「さんりおかい」

「ふじこぐみ」

……なんだか野良猫団のネーミングが妙に気にかかったが、マロンがピンチであるということだけは理解できた。頰に垂れた汗《あせ》を制服の袖《そで》で拭《ぬぐ》い、紗和の方を向く。

紗和も同様のタイミングで同じ思考に至ったらしい。狂三と視線が合うと同時、こくりとうなずいてくる。

「狂三さん……！」

「ええ」

二人はうなずき合うと、そのまま一階に下り、靴を履き直して家を出た。

「では、紗和さんは通学路方面を捜《さが》してくださいまし。見つけたらすぐに連絡《れんらく》を入れますわ」

「はい、よろしくお願いします」

紗和が小さく頭を下げて、道を駆けていく。

その後ろ姿が見えなくなるのを待ってから、狂三は背後に控《ひか》えた分身体たちに向き直った。

「さて、紗和さんは捜索《そうさく》に向かわれましたわ。――これで、本気でマロンさんを捜せますわね」

別に狂三とて、手を抜こうとしていたわけではない。マロンが危険な状態にあるというなら、一刻も早く保護したいという気持ちに嘘はなかった。

――ただ、狂三の手札の中には、紗和に見せることができないものが数多く含《ふく》まれていたのである。

すると狂三に同意を示すように、分身体たちが「ええ、ええ」と首肯した。

「『わたくしたち』にかかれば、猫さん一匹《いっぴき》捜すことなど造作もありませんわ」

「ああ――でも、それだけでは面白くありませんわね」

「……はい？」

狂三が眉根《まゆね》を寄せると、分身体たちは唇《くちびる》の端《はし》を上げながら続けてきた。

「ちょうどいいですわ。誰がマロンさんを見つけられるか、競争いたしませんこと？」

「ああ、いいですわね。一番早くマロンさんを見つけた『わたくし』が、最初にマロンさんを撫でる権利を得られる……というのはいかがでして？」

などと、四天王たちが勝手に盛り上がり始める。狂三は腕組《うでぐ》みしながらため息を吐いた。

「……『わたくしたち』？」

「あら、いいではありませんの」

「別に手を抜こうと言っているわけではありませんわ」

「そうですわよ。むしろ競争形式にすることで、効率が上がるかもしれませんわ」

「それとも……もしかして『わたくし』、勝つ自信がありませんの？」

「…………」

見え透《す》いた挑発《ちょうはつ》に、狂三はピクリと眉の端を揺らした。

「……別に、そうは言っておりませんけれど。本当にいいんですのね？」

狂三が半眼を作りながら言うと、四天王たちは一斉《いっせい》に首肯した。

「ええ、ええ」

「では、時間もありませんし、始めようではありませんの」

「マロンさん捜索、スタートですわ！」

甘ロリの狂三が、開始を宣言する。すぐさま、四天王たちが地を蹴《け》るように足に力を込《こ》めた。

が——

「——〈囁告篇帙《ラジエル》〉」

狂三が短くその名を唱え、虚空《こくう》から一冊の本を顕現《けんげん》させると、四天王たちはそのまま派手にすっ転んだ。

「あら、いかがいたしましたの。気を付けた方がいいですわよ」

狂三はわざとらしく言いながら、ぼんやりとした輝《かがや》きを放つ本を掲《かか》げてみせた。

〈囁告篇帙《ラジエル》〉。先の戦いで、狂三がＤＥＭのアイザック・ウェストコットより奪《うば》い取った書の天使である。

その権能は『全知』。本の紙面を指でなぞるだけで、宿主はありとあらゆる情報を『識《し》る』ことができるのだ。

大国の国家機密であろうと。

闇《やみ》に葬《ほうむ》られた真実であろうと。

――そして、家から逃げ出した猫の居場所であろうと。

競争など意味がない。最初から勝者は決まっていたのだった。

「ひ、卑怯《ひきよう》ですわよ『わたくし』！」

「そうですわ！　フェアではありませんわ！」

身を起こした四天王たちが、口々に非難の声を上げてくる。しかし狂三は取り合うこともなく、涼《すず》しげに肩《かた》をすくめてみせた。

「おかしなことを仰《おつしや》いますわね、『わたくしたち』。我々の目的は一刻も早くマロンさんを保護することのはずですわ。――それとも、力の出し惜《お》しみをして捜索が遅《おく》れた結果、マロンさんが怪我《けが》をしてもいいと仰いますの？」

「ぐぐ……」

「腹が立つくらい正論ですわ……」

四天王たちが悔《くや》しげに歯嚙《はが》みする。今日散々弄《いじ》られた意趣返《いしゅがえ》しができた気がして、狂三はフフンと鼻を鳴らした。

「さて――」

そして、意識を集中しながら、〈囁告篇帙《ラジエル》〉の紙面をなぞる。すると狂三の指の軌跡《きせき》を描《えが》くように〈囁告篇帙《ラジエル》〉の紙面が光を放ち、狂三の頭の中に、情報の奔流《ほんりゅう》が流れ込んできた。

「――見つけましたわ。住所で言うと、西天宮《てんぐう》二丁目三五番地。街外れの廃屋《はいおく》のようですわ。……あらあら、こんなところに入り込まれたら、普通《ふつう》に捜しても見つかりませんわね」

『……！』

と、狂三が言うと、四天王たちが不意に眉を歪《ゆが》めた。

「……？　どうかしましたの？」

「今、西天宮二丁目三五番地の廃屋と仰いまして？」

「ええ、そうですけれど」

狂三が首肯《しゅこう》すると、眼帯の狂三がその場で膝《ひざ》を折り、自分の影《かげ》の中に手を突っ込んだ。そして何やら中を探《さぐ》るような動作をしたのち、『猫科動物研究会・マル秘レポート』と書かれた一冊のノートを引っ張り出す。

「……あまり影の中を物置にしないでほしいのですけれど」

狂三が言うも、眼帯の狂三は気にせず、ノートを繰り始めた。

「やっぱりですわ。その場所――『三里尾会』の本拠地《ほんきょち》ですわ！」

「――なんですって？」

眼帯の狂三の言葉に、狂三は視線を鋭《するど》くした。

「捕《と》らえられたのか、偶然《ぐうぜん》迷い込んだのか――どちらにせよ、放《ほう》ってはおけませんわね。一刻も早く助けに向かいましょう」

「待ってくださいまし、『わたくし』」

が、狂三が目的地に向かおうとすると、包帯の狂三と甘ロリの狂三が声を上げてきた。

「『三里尾会』の本拠地は、瓦礫《がれき》が積み重なり、それこそ猫さんでもなければ入り込めませんわ。わたくしたちも数度訪《おとず》れてはいますけれど、離《はな》れた場所から観察するのが精一杯《せいいっぱい》でしたもの」

「ええ、ええ。もちろん瓦礫を取り払《はら》えば侵入《しんにゅう》は可能でしょうけれど……猫さんのねぐらを人間が荒《あ》らしてしまうのは避《さ》けたいところですわ」

するとそんな分身体たちに、和ゴスの狂三が眉をひそめる。

「何を仰っておられますの、『わたくし』。ではマロンさんが怪我をしてもいいと仰いますの？」

「そうは言っておりませんわ。でも、人間の介入《かいにゅう》によって、近隣《きんりん》の野良猫《ねこ》さんたちの環《かん》境《きょう》を変えてしまうことは避けなければなりませんわ。それこそ、血を流す猫さんが増える事態になってしまう可能性は十分ありましてよ」

「それはそうですけれど……！」

などと、分身体たちが言い合いを始める。元は皆《みな》同じ『狂三』であるとはいえ、切り取られた時期によって微妙《びみょう》に考え方が異なるため、こうして意見を戦わせることもなくはなかった。

けれど、今は時間が惜しい。狂三は双方《そうほう》を止めるように声を発した。

「──ならば、こうしましょう。『わたくしたち』は、目的地に向かい、待機していてくださいまし。マロンさんに危害が及《およ》ぶと思われた場合のみ、救出を許可しますわ」

「……『わたくし』はどうなさいますの？」

狂三の指示に、眼帯の狂三が問いを投げてくる。狂三は、ぺろりと唇を舐《な》めてみせた。

「――人間の介入を避ければよいのでしょう？　ならば、一つ考えがありますわ」

◇

「……うっわ、マジで？　今の当たる？　ないわー」

精霊《せいれい》マンション最上階、一番端の部屋で。

精霊・七罪《なつみ》はパソコンに向かいながら、ブツブツと独り言を呟《つぶや》いていた。

画面に映し出されているのは、広大なフィールドと、銃《じゅう》を持った主人公の後ろ姿。所謂《いわゆる》TPS《サードパーソン・シューティングゲーム》である。今日は特に予定もなかったため、夕食の時間までオンライン対戦に興じていたのだった。

「あっ、くそ、やったな。あーもう、全然当たんないし……」

「――ああ、駄目《だめ》ですわよ七罪さん。そんな狙《ねら》い方をしていたのでは、当たるものも当たりませんわ」

「いや、んなこと言われても……照準合っててもブレるし……」

「生きている以上、人間の身体《からだ》は完全には静止いたしません。無理に揺《ゆ》れを抑《おさ》えようとするのではなく、リズムを摑《つか》むのですわ」

「簡単に言うけどさぁ……って、ん？」

そこでようやく、七罪は違和感《いわかん》に首を捻《ひね》った。ゲームに熱中していたためあまり気に留めていなかったが、何やら会話をしていたような気がする。

一瞬《いっしゅん》、ボイスチャットかとも思ったが——違《ちが》う。できるだけ他人と会話したくない七罪は、オンライン対戦中でも常に通話をオフにしていたのである。

——ならば、今の声は。

七罪は恐《おそ》る恐る後方を振《ふ》り向き——

「うふふ、ごきげんよう、七罪さん」

「ギャ————————ッ!?」

いつの間にかそこにいた少女の顔を見て、椅子《いす》から転げ落ちた。瞬間、画面の中のキャラが集中砲火《ほうか》を受け、ゲームオーバーの文字が表示される。

「く……ッ、くくくく、狂三……っ!?　なんで私の部屋に……!?」

七罪は声を裏返らせながら、その少女の名を呼んだ。そう。時崎狂三。そこにいたのは、かつて最悪の精霊とまで称《しょう》された少女であったのだ。

「あらあら、そう驚《おどろ》かないでくださいまし。別に取って食べたりはしませんわ。美九《みく》さんでもあるまいし」

狂三がくすくすと笑いながら言ってくる。その妙《みょう》に説得力に溢《あふ》れた言葉に、七罪はどうにか落ち着きを取り戻《もど》した。

「……い、一体何の用よ。私とあんた、あんまり接点もなかったと思うんだけど……？」

七罪が問うと、狂三は人差し指を自分の唇に触《ふ》れさせてみせた。

「――一つ、七罪さんにお願いがございまして」

◇

「……！　見えましたわ、マロンさんでしてよ！」

「え、どこですの？　どこですの？」

「ほら、あの隙間《すきま》から見えますわ」

「ちょっと、場所を変わってくださいまし、『わたくし』！」

眼帯の狂三、包帯の狂三、甘ロリの狂三、和ゴスの狂三は、民家の屋根に腹ばいになりながら、双眼鏡《そうがんきょう》を覗《のぞ》き込み、押しくらまんじゅうをするようにぐいぐいと肩をぶつけ合っていた。

四天王たちの視線の先には、今にも崩《くず》れ落ちそうな廃屋が建っている。注意深く耳を欹《そばだ》てていると、そこから微《かす》かに、複数の猫の鳴き声が聞こえてきた。

そう。その建物こそ、西天宮二丁目三五番地の廃屋。マロンがいる『三里尾会』の本拠地である。四天王たちは今、狂三の指示に従い、全員で現場の様子を見ているところだった。

「どうやら怪我はしていないようですわね……」

「ええ。でも、何やら人相……いえ、猫相の悪い猫さんたちに囲まれていますわ」

「……！　奥にいる、リボンを着けた大きな白猫さんは……」

「ええ。『三里尾会』のボス、通称《つうしょう》・鬼帝《きてい》さんですわ」

双眼鏡越《ご》しに状況《じょうきょう》を確認《かくにん》しながら、四天王たちはごくりと息を呑《の》んだ。

幸いマロンはまだ無事であるようだったが、あまり友好的な雰囲気《ふんいき》ではない。たとえるなら、何も知らぬマロンが道を歩いていたら、敵対勢力の鉄砲玉《てっぽうだま》と勘違《かんちが》いされて尋問《じんもん》を受けているかのような様子だった。

何かきっかけがあれば、すぐさま一方的な蹂躙《じゅうりん》が始まってしまいそうな、一触即発《いっしょくそくはつ》の雰囲気である。眼帯の狂三は頬《ほお》に汗《あせ》を垂らしながら表情を険しくした。

「……『わたくし』には何か考えがおありのご様子……限界まで待ちますわ。けれど、いざというときは――」

『…………』

眼帯の狂三の言葉に、残る三人も顔に緊張《きんちょう》の色を滲《にじ》ませながら首肯した。

すると、まるでそれに合わせるかのようなタイミングで、廃屋の奥に座していたボス猫が「なぁぁぁぁぁ――ご……」と、低く唸《うな》るような鳴き声を発する。

どうやらそれは部下への命令のようなものだったらしい。マロンを取り囲んだ猫たちが一斉《いっせい》に「フーッ！」と姿勢を低くし、毛を逆立てる。マロンが、怯《おび》えるように尻尾《しっぽ》を丸めて後ずさった。

「……っ、もうこれ以上は待てませんわ。『わたくし』！」

「ええ、ええ。仕方ありませんわね。参りましょう」

包帯の狂三と和ゴスの狂三が、バッと身を起こす。

が――

「……！　待ってくださいまし、『わたくし』！　今何かが――」

甘ロリの狂三がそれを制した瞬間。

双眼鏡越しの視界を、黒い閃光《せんこう》が横切った。

「え――？」

眼帯の狂三は、目を見開きながら呆然《ぼうぜん》と声を発した。

それはそうだ。何しろ、その閃光が煌《きら》めいたかと思った瞬間、マロンに飛びかかろうとしていた猫たちが、皆短い悲鳴を上げて、地に伏《ふ》したのだから。

「……！」

眉根《まゆね》を寄せながら、双眼鏡を握《にぎ》る手に力を込《こ》める。

するとそれに合わせるように、マロンの目の前に、一匹《いっぴき》の猫が降り立った。

黒曜石のように艶《つや》やかな黒い毛並み。

可愛《かわい》らしいフリルで飾《かざ》られた首輪。

そして——左右色違いの瞳《ひとみ》。

猫は人間よりも虹彩異色症《ヘテロクロミア》が表れやすいというが、彼《か》の猫の場合はそういった形質とは明らかに様子が異なった。

何しろその黒猫の左目には——

金色の時計の文字盤《ばん》が描《えが》かれていたのだから。

「あ、あれは——」

——にゃあ。

黒猫が短く声を発しながら、周囲に視線を巡《めぐ》らせる。すると周囲にいた猫相の悪い猫たちが、射竦《いすく》められたかのように尻尾と耳を低くした。

だが、それも無理のないことなのかもしれない。眼帯の狂三の目から見ても、その黒猫の威容《いよう》は圧倒《あっとう》的だったのである。

貴婦人の如《ごと》き優雅《ゆうが》な立ち姿はもとより、その視線には、引き金に指をかけた銃のような剣呑《けんのん》さが見て取れる。あんな猫に直接殺気を向けられたなら、普通《ふつう》の猫は平伏《へいふく》する他《ほか》ないだろう。

――フーッ……フーッ……！

そんな中にあって、ボス猫だけは最後まで威勢《いせい》を保っていたのだが――黒猫がゆっくりとした足取りで近づいていくと、最後には立てていた尻尾を下ろして、視線を逸《そ》らした。

事実上の敗北宣言である。

――なぁーご。

黒猫は穏《おだ》やかな鳴き声を上げると、前足でボス猫の頭を撫《な》でたのち、マロンの方へ歩いていった。

マロンもまた、得体の知れない黒猫に怯えていたようだったが、なぜかその匂《にお》いを嗅《か》ぐと、途端《とたん》に安堵《あんど》したようにペロペロと黒猫の顔を舐め始めた。

――どうやら、上手《うま》くいったようですわね。

無事目的を果たした狂三は、前足をぺろりと舐めながら、にゃあと声を発した。

そう。これこそが狂三の秘策。今狂三の身体は、七罪の天使〈贋造魔女《ハニエル》〉の力によって、美しい毛並みの黒猫と化していたのである。

まあ、厳密に言うとこれも、野生への介入と言えなくもないのだが——人間が猫のねぐらを踏《ふ》み荒《あ》らしてしまうよりは幾分《いくぶん》かマシだろう。猫の問題は猫同士で。単純な理屈《りくつ》である。断じて、一度猫になってみたかったとか、そういう理由ではない。断じて。

狂三は、マロンとともに廃屋《はいおく》を出ると、ぐぐっと背筋を伸《の》ばした。——猫になったら一度やってみたかった動作である。なるほど、存外気持ちよかった。

さて、あとはマロンを紗和のもとに届けるだけだ。いや、それより先に、近くで待機してもらっている七罪のところに行って、変身を解いてもらう方が先だろうか。この姿のままでは事情を説明できないし、何よりあまり待たせるのも七罪に悪いだろう——

「——マロン！」

と。狂三がそんなことを考えていると、後方から聞き覚えのある声が聞こえてきた。

見やると、紗和が息を切らしてこちらに走ってきていることがわかる。どうやら辺りを捜《さが》し終え、こちらのエリアにやってきていたらしい。

——にゃあ！

マロンも紗和に気づいたのだろう。甲高《かんだか》い鳴き声を発して紗和の元へ走っていく。紗和はマロンを抱《だ》きかかえると、ホッとしたようにその背を撫でた。

「もう、どこに行ってたの？　心配したんだから！」

紗和に応《こた》えるように、マロンがもう一度「なぁーご」と鳴き声を上げる。そんな様子を見て、狂三はふっと息を吐《は》いた。――どうやら、マロンを届ける手間が省けたようである。

と、狂三がその場から立ち去ろうとすると、紗和が狂三の姿に気づいたように声をかけてきた。

「あら？　あなたは……マロンのお友だち？」

言って、狂三のそばに膝《ひざ》を折ってくる。狂三はそれに応ずるように小さく声を上げた。

「どこの子かしら？　マロンと遊んでくれたの？　ありがとうね」

紗和が、狂三の喉元《のどもと》をくすぐるように撫でてくる。……なんというか、身体《からだ》が猫になっているからか、妙に気持ちいい。狂三は思わず喉をゴロゴロと鳴らしてしまった。

とはいえ、いつまでもこうしているわけにはいかない。マロンが見つかった以上、紗和は狂三に連絡《れんらく》を寄越《よこ》してくるだろうし、万一こんな光景を分身体たちに見られようものなら、一体何を言われるか――

「――あら、あら」

瞬間。

今一番聞きたくなかった声が、狂三の鼓膜《こまく》を震《ふる》わせた。

四天王たちが、心底面白《おもしろ》そうな顔をしながら、背後に立っていたのである。

「あ、皆《みな》さん！　ご協力ありがとうございます。マロンが見つかりました！」

「まあ、それは何よりですわ！」

「それで――こちらの猫さんは？」

「ああ、マロンと一緒《いっしょ》にいたので、たぶんマロンのお友だちだと思います」

紗和が言うと、四天王たちは同時に『へぇぇぇぇ――？』と笑顔《えがお》を作った。

その顔を見て、察する。――彼女ら全員が、猫の正体が狂三であることに気づいている、と。

「なるほどなるほど。マロンさんのお友だちですの。――にしても、随分《ずいぶん》気持ちよさそうにしていらっしゃいますわねぇ」

「ええ、ええ。よほど撫でられるのが好きな雌猫《めすねこ》さんなのでしょう。ではわたくしもひとつ、なでりなでり」

「きゃっ、身体をピクピクさせていますわ。まるで、反応しまいと思っているのに気持ちいいのには耐《た》えられないといったご様子ですわ！」

「ここですの？　ここがいいんですの？　悔《くや》しい、でも感じちゃいますの？」

などと、四天王たちがはぁはぁと息を荒《あら》くしながら狂三の身体を撫で回してくる。なんだかものすごく楽しそうだった。

「にしても、こんなに可愛い猫さんがいらっしゃるのに、狂三姉様は一体どこに行ってしまったのでしょう」

「小狡《こずる》い姉様のことですから、きっと一人で楽しい思いをしているに違《ちが》いありませんわ」

「ええ、ええ。きっとどこかで身体を撫で回されて絶頂しているのでしょう」

「何回撫でて欲しいんですの？　三回？　三回ですの？　このいやしんぼめ！」

――むァァァァァァオ（怒）。

狂三は身を捩《よじ》りながら、怒《おこ》るような声を上げた。

「あ、あのー……皆さん？　あんまり撫ですぎるのもよくないので……って、あれ？」

と、そこで紗和が、何かに気づいたように眉をひそめる。四天王たちが狂三を撫でる手を止め、そちらに目をやった。

「いかがいたしましたの、紗和さん」

「いえ、なんだかマロンの様子がおかしくて……どうしたのマロン、どこか痛いの？」

言って、紗和が心配そうにマロンの顔を覗《のぞ》き込む。

確かに、マロンが何やら小刻みに身を震わせていた。見たところ大きな怪我《けが》はなさそうだったが、もしかしたら狂三が駆《か》けつける前に何かあったのかもしれない。

とはいえ――まあ、原因を突《つ》き止めることはそう難しくないだろう。狂三はそう考えると、思い切り身を捩った。

――ふにゃぁぁぁっ！

そして四天王たちの手から逃《のが》れ、路地を駆け出す。

「きゃっ、『わたくし』――ではなく黒猫さんが！」

そんな、四人のうちの誰《だれ》のものとも知れない声を背に聞きながら、狂三は路地裏に入り込んでいった。

そしてそのまま三分程度、入り組んだ道を進み、『そこ』へと辿《たど》り着く。薄暗《うすぐら》い路地の突き当たりに、つまらなそうな顔をしながらスマートフォンを弄《いじ》る七罪が腰掛《こしか》けていた。

――にゃーお。

「……んん？」

狂三が鳴き声を上げると、七罪がピクリと眉を揺《ゆ》らし、顔を上げてきた。

「ああ……あんたか。もういいの？」

――にゃあ。

「……いや何言ってるかはわからないけど。いいのね？　戻《もど》すわよ？」

七罪は半眼を作りながらそう言うと、狂三に向かって手をかざしてきた。

「……ふんぬぬぬ……とりゃっ！」

そして目を閉じ、何やら苦しげに呻《うめ》いたかと思うと、次の瞬間《しゅんかん》、七罪の手のひらが光り輝《かがや》き——狂三の身体が、元の姿へと戻っていった。

「——うふふ、ありがとうございます、七罪さん。助かりましたわ」

「……あー、しんど。霊力《れいりょく》使うためには嫌《いや》なこと想像しなきゃいけないから、できるだけやりたくないんだけど。……貸し一つだからね」

「ええ、ええ。心得ておりますわ。——もし今後、七罪さんを手に掛けねばならないときがきても、苦しまぬようにして差し上げますわ」

「物騒《ぶっそう》過ぎる⁉」

「うふふ、冗談《じょうだん》ですわ」

狂三はぱちりとウインクをすると、すうっと息を吸いながら意識を集中させ——手の中に、〈囁告篇帙《ラジエル》〉を顕現《けんげん》させた。

それを見てか、七罪が構えるように身を硬《かた》くする。

「な、なに……？」

「心配しないでくださいまし。猫のマロンさんの具合が悪そうでしたので、原因を調べてみるだけですわ。紗和さんの前で天使を顕現させるわけにもいきませんし」

狂三はそう言うと、〈囁告篇帙《ラジエル》〉の紙面を撫でていった。

指のあとを辿るように光の軌跡《きせき》が描かれ、狂三の頭の中に、情報の奔流《ほんりゅう》が流れ込んでくる。

――と。

「――――、え？」

次の瞬間、狂三は呆然《ぼうぜん》と声を発した。

別に、マロンの不調の原因がわからなかったわけではない。そんなものは一瞬で判明した。足に細い棘《とげ》が刺《さ》さっていただけだ。医者に診《み》せる必要もない。ピンセットで棘を抜《ぬ》き、消毒でもしておけば問題ないだろう。

だが、全知の天使〈囁告篇帙《ラジエル》〉は、それ以外の情報をも、狂三に与《あた》えてきたのである。

確かに、狂三はマロンの症状《しょうじょう》を限定しなかった。異常のある部位を指定もしなかった。〈囁告篇帙《ラジエル》〉であれば、「マロンのこと」を漠然《ばくぜん》と調べるだけで、目的の情報をもたらしてくれるという確信があったからだ。

果たして、狂三は望んだとおり、マロンに関する知識を手に入れた。

そして〈囁告篇帙《ラジエル》〉は、狂三の指示通り、『真実』を伝えた。

ただ、それだけ。

今起こったのは、本当にそれだけの事象だった。

「……狂三？　どうかしたの？」

どれだけの間無言でいたのだろうか。七罪が不審《ふしん》そうな顔をしながら問うてくる。

「…………、いいえ。なんでも――ありませんわ」

狂三は、込《こ》み上げてくる嘔吐《おうと》感を抑《おさ》えながら、絞《しぼ》り出すようにそう答えた。

◇

――夜。日付がとうに変わった頃《ころ》。

狂三は、再び紗和の家を訪《おとず》れていた。

もともと閑静《かんせい》な住宅地に位置する紗和の家の周りは、昼にも増して静まりかえっている。

春の訪れとともに微《かす》かな音色を奏《かな》で始めた虫の声を除けば、いつもよりも速いペースで鼓《こ》動《どう》する狂三の心音が、もっとも大きな騒音《そうおん》であるかもしれないと思えるくらいに。

「…………」

無言のまま呼《よ》び鈴《りん》に触《ふ》れようとし――寸前で手を下ろす。

そんなことを、狂三は先ほどから幾度《いくど》も繰《く》り返していた。

——この呼び鈴を押してしまったら、全《すべ》てが終わってしまう。そんな気がしてならなかったのだ。

いっそこのまま、何もせずに帰ってしまった方がいいのかもしれない。そうすればきっと、明日も明後日も、この日常は続くだろう。

だが。狂三は『識《し》って』しまった。偶然《ぐうぜん》とはいえ、辿り着いてしまった。

「ああ——」

狂三は声を漏《も》らした。呟《つぶや》くように。——嘆《なげ》くように。

——あのあと、七罪と別れて紗和のもとへ戻った狂三は、マロンの症状を診《み》るふりをして、足に棘が刺さっていることを伝え、その場をあとにした。

そして家に戻るなり〈囁告篇帙《ラジエル》〉を顕現させ——思いつく限りのことを調べ尽《つ》くした。

〈囁告篇帙《ラジエル》〉の紙面をなぞるたび、狂三の予感は確信へと変わっていった。

僅《わず》かな可能性に賭《か》けて、〈刻々帝《ザフキエル》〉【一〇の弾《ユッド》】で自らの頭を撃《う》ち、過去の記憶《きおく》を呼び起こしもした。

狂三の不安は——実感へと姿を変えた。

そして狂三の足は、自然と、この場所へ向かっていたのである。

と──

──みゃあ。

「……！」

そこで不意に猫《ねこ》の鳴き声がして、狂三は顔を上げた。

見やると、二階の窓が開き、マロンと紗和が顔を出していることがわかる。

「もう、マロン、どうしたのそんなに鳴いて……って、あれ、狂三さん？」

「紗和──さん」

その姿を見て、狂三は半ば呆然とその名を呼んだ。

紗和は眠《ねむ》たげに目を擦《こす》っていたが、狂三のただならぬ様子を察してか、すぐに目を見開いて窓から身を乗り出してきた。

「何があったのかわかりませんけど……とりあえず、入ってください。すぐ鍵《かぎ》を開けますんで」

「あ──」

言うが早いか、紗和が窓から姿を消し、それと入れ替《か》わりになるように、バタバタという足音が聞こえてくる。

もしかしたら、今この場を立ち去れば、まだ日常を続けることができたかもしれない。

けれど、駄目《だめ》だった。狂三はそこから動くことができなかった。そうこうしているうちに玄関《げんかん》が開き、サンダルを突《つ》っかけた紗和が狂三のもとにやってくる。

「さ、狂三さん。そんなところにいたら寒いでしょう。お茶を淹《い》れますから、どうぞ」

「え、ええ……」

狂三は紗和に手を引かれ、家の中へと入っていった。

「すぐに用意しますから、ちょっと待っててください」

そして紗和に言われるがままにリビングのソファに座っていると、マロンがひょこひょことやってきて、狂三の隣《となり》で丸まってみせる。戯《たわむ》れに尻尾《しっぽ》の付け根を撫《な》でると、「もっと」というように身体《からだ》を揺すってきた。

「……ふふ」

思わず、笑《え》みが漏れてしまう。するとそれを見てか、紅茶を運んできた紗和が息を吐《は》いた。

「あ、やっと笑いましたね。ずっと仏頂面《ぶっちょうづら》だったらどうしようかと」

「……そんなに酷《ひど》い顔をしていまして？」

「ええ、家の前に幽霊《ゆうれい》でも立ってたのかと思いましたよ」

「……あら、あら」

紗和の言葉に、狂三はふっと唇《くちびる》を緩《ゆる》めた。

懐《なつ》かしい感覚。ああ――そうだ。昨日の昼も思った。紗和はよくこうして狂三をからかってくるのだ。紗和と狂三がここまで仲良くなれたのは、この人懐っこさというか、気安さがあったからかもしれない。

ああ、これは、本当に――

「――まるで、本物の紗和さんのようですわ」

狂三は、半ば無意識のうちに、その言葉を零《こぼ》していた。

別に、意図して口にしたわけではない。けれど――狂三にそこまでの驚《おどろ》きはなかった。ここに来ている時点で、狂三の覚悟《かくご》は決まっていたのだから。

「え――？」

狂三の言葉に、紗和がキョトンと目を丸くする。

しかし、その言葉が冗談の類《たぐい》でないことを察したように、やがて細く息を吐いた。

「……ああ、そっか。気づいちゃったんですね、狂三さん」

そして、どこか悲しげに目を伏《ふ》せながら、そう言ってくる。

「……、知っていましたの？　自分が、本物の紗和さんではないことに」

「いえ。知りませんでした。私も、今、気づいたんです。――きっと、狂三さんが『答え』を望んだから」

「…………」

紗和の言葉に、狂三は得心がいったように息を吐いた。

そう。それこそが、狂三の至ってしまった『真実』。

マロンの容態を調べた狂三は、マロンが本物でないことに気づいてしまったのである。

否《いな》――マロンだけではない。

狂三の罪が贖《あがな》われたのも。

真那の身体が治ったのも。

――死んでしまったはずの紗和が生き返ったのも。

澪が死んでから形作られたこの都合のいい世界そのものが――全て、偽《いつわ》りのものだったのだ。

今ならば、わかる。その違和感《いわかん》が。ご都合主義で作られた世界の荒唐無稽《こうとうむけい》さが。

けれど、昨日までの狂三は気づかなかった。気づけなかった。きっとそれも、この世界の権能だったのだろう。

澪の霊結晶《セフィラ》が消える寸前、それを横奪《おうだつ》した精霊《せいれい》が作り出した、夢のような空間。それが、この世界の正体だった。

ならば――それに気づいてしまった狂三が為《な》すべきことは、一つだった。

「――紗和さん」

「はい」

「わたくしは、この世界を暴《あば》かねばなりません。その力を持っている方に、真実を伝えねばなりません。わたくしは、まだ何も成していないのですから」

「はい。狂三さんの思うままに」

紗和が、微塵《みじん》の逡巡《しゅんじゅん》もなくうなずいてくる。

この世界を暴く――その行為《こうい》は、今ここにいる紗和やマロンの存在を消し去ることと同義である。

けれどそれを理解してなお、紗和は、狂三の目を真《ま》っ直《す》ぐ見つめて、首肯《しゅこう》してみせた。

――この世界は『ご都合主義の世界』。一瞬、狂三が望んでいるから、紗和がそんな答えを返してくれたのかとも思った。

だが、すぐに首を横に振《ふ》る。――仮に彼女が本物の紗和だったとしても、きっと同じ反応をするだろう。そんな彼女だからこそ、狂三は命を賭《と》して取り戻《もど》さねばならぬと誓《ちか》ったのだから。

「――紗和さん。しばしのお別れですわ。わたくしはいつか必ず、あなたを取り戻す。それまで、そのときまで、どうか待っていてくださいまし」

「――ええ。待っていますとも。だって狂三さん、友だち少ないですし。私がいないと寂《さび》しいでしょう？」

そう言って紗和が、肩《かた》をすくめてくる。その言葉に、狂三は思わず笑ってしまった。

「では、もう行きますわ。――最後に、紗和さん」

「はい、なんでしょう」

「……少しの間、胸を貸していただけませんこと？」

狂三が言うと、紗和は少し目を丸くしたのち、ふっと微笑《ほほえ》んできた。

「もちろん。私と狂三さんの仲じゃないですか。――ただし、ちょっと高いですよ」

「あら、あら」

狂三は苦笑《くしょう》すると、倒《たお》れ込むように紗和の胸に顔を埋《うず》め――少しの間だけ、泣いた。

◇

――夜闇《よやみ》を裂《さ》くように、少女の影《かげ》が世界を闊歩《かっぽ》する。

紗和の家を出た狂三は、ブーツの踵《かかと》を地面に打ち付けるように、誰《だれ》もいない街路を歩いていた。

「――『わたくしたち』」

歌うように、呟く。

すると次の瞬間《しゅんかん》、狂三の影が何倍にも膨《ふく》れあがり、その中から、幾人《いくにん》もの『狂三』たちが這《は》い出てきた。その中には、他と違《ちが》う装《よそお》いをした、四人の個体の姿も見受けられる。

既《すで》に彼女らは、狂三の脳内情報を共有していた。狂三が辿《たど》り着いた世界の真実も、狂三が至った決意も、遍《あまね》く全ての『狂三たち』に行き渡《わた》っている。

一つであった足音が、二つに。

二つであった足音が、四つに。

四つであった足音が、八つに。

闇夜に響《ひび》き渡る独唱が、地を揺《ゆ》るがす大合唱に変わっていく。

「さあ、さあ、参りましょうか、『わたくしたち』。――相手は世界を創《つく》りし、神にも近い精霊。やりすぎということはございませんわ。存分に力を振るおうではありませんの」

「――うふふ、『わたくし』を謀《たばか》った仕返しをしに参りますの？」

分身体が、笑うように言ってくる。

しかし狂三は、ふっと唇を緩めて首を横に振った。

「まさか。──良い夢を見せてくれたお礼をしに、ですわ」

──この世界は、とある精霊が、とある者のために作った夢の世界。

そして、やがて崩《くず》れ去ることが約束された、終焉《しゅうえん》の世界。

ならば狂三にできることは、その成就《じょうじゅ》の手助けをすることくらいだろう。

「さあ──わたくしたちの戦争《デート》を、始めようではありませんの」

一陣《いちじん》の風が、狂三の髪《かみ》を踊《おど》らせる。

かちりかちりと音を立てる時計の左目が、月夜に妖《あや》しく輝《かがや》く。

──微睡《まどろ》むような優《やさ》しい世界で止まっていた時崎狂三の時間が、今再び動き出した。

十香プレジデント

PresidentTOHKA

DATE A LIVE ENCORE 10

『──「ジパング探訪」。今週は、財界の麒麟児《きりんじ》と呼ばれる新進気鋭《きえい》の若手実業家に密着しました──』

などというナレーションとともに、テレビの画面にタイトルロゴが躍《おど》り、何やら荘厳《そうごん》なBGMが流れ始める。

毎週木曜日の夜に放送されている経済ドキュメンタリーである。日本と、それに関《かか》わる世界各国の経済動向や時代の流れを特集し、紹介《しょうかい》する番組だ。独自の観点に、ナレーションの軽妙《けいみょう》な語り口。比《ひ》較《かく》的堅《かた》い内容ながらも、エンターテインメント性を忘れない番組作りで人気を博している。

とはいえ、五河《いつか》家でこの番組が流れる機会は多くなかった。理由は単純なもので、家主と、家を訪《おとず》れる者たちがともに年若く、まだあまりこういった番組に興味を示さないためである。五河家のテレビはこの時間、別のチャンネルで放送しているドラマか、ゲームの画面を映すことが多かった。

しかし、今日は特別である。何しろ──

『──本日のゲストは、株式会社YATO代表、夜刀《やと》神十香《がみとおか》社長です』

『うむ！　よろしく頼《たの》むぞ！』

どこかで見たことのある少女が、そこに映っていたのだから。

アップに纏《まと》められた夜色の髪と、美しい水晶《すいしょう》の双眸《そうぼう》が特徴《とくちょう》的な少女である。その可愛《かわい》らしい顔立ちはどう見ても未成年のそれであったが、その身に纏った仕立てのよいダークスーツと、高級そうな黒縁《くろぶち》の眼鏡が、どうにか彼女を社会人に見せようと必死のアピールを試みていた。

『YATOの躍進《やくしん》は、世界的にも類を見ないスピードです。現代の一夜城とさえ称《しょう》されるこの急成長の秘訣《ひけつ》はどこにあるとお考えですか？』

『成長の秘訣……そうだな、やはり好き嫌《きら》いをしないことではないか？』

『なるほど、仕事を選《え》り好《ごの》みするのではなく、幅広《はばひろ》く手がけていく、と。一代コングロマリットを築き上げた夜刀神社長らしいお言葉ですね』

『む？　うむ、そういうことだ。大切なのはイノベーションだ』

「…………」

「…………」

そんな放送を見ながら、五河家の家主である士道《しどう》と、その妹・琴里《ことり》は、たらりと頬《ほお》に汗《あせ》を垂らした。

「……で、一体何でこんなことになってるのよ」

琴里が、黒いリボンで二つ結びにした髪の先を小さく揺らしながら、半眼を作って問うてくる。

「そんなこと俺に言われても……」

士道は頰をかきながらそう返すと、もう一度、画面の中で微笑む十香に目をやった。

ことの始まりは、今から少し前のことだった——

◇

「ううん……」

とある日の夜。士道がキッチンで洗い物をしていると、リビングの方から、小さくうなるような声が聞こえてきた。

見やると、ソファに腰掛《こしか》けた琴里が、ノートパソコンと睨《にら》めっこしながら、難しげな顔をしていることがわかる。士道は洗剤《せんざい》を洗い流した皿を水切り籠《かご》に置いてから、手を拭《ぬぐ》ってそちらに歩いていった。

「どうしたんだよ、琴里。また〈ラタトスク〉の仕事か？」

「あー……まあ一応、そうなるのかしら」

口にくわえたチュッパチャプスの棒を、貧乏《びんぼう》揺すりのように小刻みに揺らしながら、琴里がノートパソコンの画面を士道の方に向けてくる。そこには、幾つもの会社名と思《おぼ》しき文字列が並んでいた。

「なんだこれ。会社？」

「ええ。〈ラタトスク〉――正しく言うと、その母体であるアスガルド・エレクトロニクスの関連会社一覧よ」

「へえ、こんなにあったのか」

液晶《えきしよう》画面を埋《う》め尽《つ》くすリストに、士道は感嘆《かんたん》の声を上げた。見たところ、業種も重工業から文房具《ぶんぼうぐ》製造まで幅広い。……なるほど、〈ラタトスク〉の潤沢《じゆんたく》な資金は、こういったところからも捻出《ねんしゆつ》されているらしかった。

「で、それがどうかしたのか？」

「これだけ数が多いと、全部が全部好業績ってわけにはいかなくてね。統廃合《とうはいごう》の候補を選定してるところ。DEMの動きが活発だった頃《ころ》は、狙《ねら》いを分散させる目くらましの意味もあったけど、今となってはそれも必要ないしね」

「ああ――」

琴里の言葉に、士道は納得《なつとく》を示すようにうなずいた。

イギリスの大企業《だいきぎよう》にして、精霊《せいれい》たちの力を狙う魔術《まじゆつ》結社・DEMインダストリーは、

〈ラタトスク〉最大の敵ともいえる組織だったのだが、先の戦いでその首魁《しゅかい》、アイザック・ウェストコットが倒《たお》れてからは、目に見えてその勢いを失っていたのである。なんでも、社内の反ウェストコット派が造反を起こし、内部分裂《ぶんれつ》が起こっているという話だった。

「なるほどな。……でも、それアスガルドの経営陣《じん》とかがする話だろ。〈ラタトスク〉の司令ってそんなことまでやらされるのか？」

「まあ、一応私の持ち株会社もあるから、完全に無関係ってわけでもないのよ」

「ふーん……ん？」

なんだか不思議な言葉が聞こえてきた気がして、士道は首を捻《ひね》った。が、琴里はさして気にした風もなくあとを続けてくる。

「ま、ざっと見たところ、第一候補はここかしらね」

言いながら、琴里がカーソルを操作する。士道はまだ少し不思議そうな顔をしながらも、再び画面に目をやった。

「エルドフーズ……食品会社か？」

「ええ。確か元々は、精霊用の食品を開発する目的で作られた会社よ。最初は、純粋《じゅんすい》な精霊が人間と同じものを食べられるかわからなかったから、いろいろ研究してたみたい。ま、今となっては無用の長物だけど」

「はは……まあな」

士道は肩《かた》をすくめながら、水切り籠に満載《まんさい》された食器の山を見やった。――全《すべ》て、精霊たちの食事のあとである。

「一応少ないけど社員もいるし、表向きの仕事もしてはいるんだけど……赤字が続いてるし、他《ほか》の会社の食品部門に吸収するのが無難かしらね。保有してる製菓《せいか》工場なんかはそのまま使えるだろうし――」

「――製菓工場!?」

と、そこで、琴里の言葉を遮《さえぎ》るように、元気のいい声が響《ひび》いてきた。

見やると、他の精霊たちと一緒《いっしょ》にテレビを見ていた十香が、目をキラキラさせながら身を乗り出してきていることがわかる。

「製菓工場というのはあれか、お菓子を作るところか!?」

「ええ、そうよ。よく知ってるわね」

「うむ、この前テレビで、お菓子メーカーの特集をしていたのだ。あれはすごいぞ……いくつものお菓子がベルトコンベアで運ばれ、一気に完成していくのだ……」

うっとりとした様子で、十香が手を組み合わせる。その様子に、士道と琴里は思わず苦《く》笑《しょう》してしまった。

「確かに、やたら熱心に見てたな……」

「うむ、あれは憧《あこが》れだ。工場だけではない。新商品の企画《きかく》、開発に度重《たびかさ》なる試作……店に並んでいるお菓子に、あれだけの人間の情熱が込《こ》められていようとは。私もいつか、自分でオリジナル商品を作ってみたいと思ったぞ」

言って、十香が大きくうなずく。あまりに十香らしい夢だった。

するとそれを受けてか、琴里が十香に視線を向ける。

「へえ、そうなの？　じゃあ作ってみる？」

「む？」

「だから、オリジナル商品よ。作ってみたいんでしょう？」

「な……」

そこでようやく琴里の言葉の意図を理解したのだろう。十香が目をまん丸に見開いて、両手をわなわなと震《ふる》わせた。

「ほ、ほほ、本当か⁉」

「ええ。基本的な設備は整ってるし、できるはずよ」

琴里が大仰《おおぎょう》に首肯《しゅこう》してみせる。士道は頰に汗を垂らしながら琴里に耳打ちした。

「おいおい……そんな安請《やすう》け合いして大丈夫《だいじょうぶ》なのか？」

「大丈夫よ、どうせ潰《つぶ》す会社だし。精霊のために作られた会社が、最後に精霊の夢を叶《かな》えられるなら本望《ほんもう》じゃない。──っていうか、今の役員は関連会社に異動させる予定だし、十香、どうせならあなた社長やっちゃいなさいよ」

「おお！　いいのか⁉」

「……っておい⁉　本気かよ琴里！」

たまらず叫《さけ》びを上げる。が、琴里は気安い調子で手をひらひらと振《ふ》るのみだった。

「いいじゃない。ま、吸収合併《がっぺい》までの期限付きだけどね。これも社会経験よ」

「にしても、いきなり社長って……」

と、士道と琴里がそんなことを話していると、それを聞きつけたらしい他の精霊たちが、なんだなんだと集まってきた。

「ほほう？　何やら面白《おもしろ》そうな話をしているではないか」

「要請《ようせい》。夕弦《ゆづる》たちも混ぜてください」

「十香さんが社長さんなら……働いてみたいです」

「あー、あたしもー。福利厚生しっかりしてそう」

などと、皆《みな》一様に興味深そうに目を輝《かがや》かせてくる。琴里が皆を宥《なだ》めるように手を広げた。

「わかったわかった。話を通しておくわ。役職は……まあ十香の好きにしてちょうだい」

琴里の言葉に、精霊たちが色めき立つ。士道はやれやれと息を吐《は》いた。

「──シドー、シドー」

「……ん？」

と、わいわいとはしゃぐ皆の中、十香が士道の服の裾《すそ》を引っ張ってくる。士道は首を傾《かし》げながらそちらに視線をやった。

「どうした、十香」

「聞き忘れていたのだが……社長とは何をするのだ？」

「…………」

こうして、株式会社エルドフーズは、前途《ぜんと》多難な再始動を迎《むか》えたのだった。

◇

数日後。株式会社エルドフーズの会議室には、会社の役員たちが勢揃《せいぞろ》いしていた。

……まあ、会議室とはいっても、寂《さび》れた雑居ビルの一角に位置する狭《せま》い部屋であるし、揃った役員たちも、皆見知った顔であったのだが。

ガタつき防止のため足の下に段ボールを嚙《か》ませた長机に精霊たちが着き、それぞれの前に、役職の書かれた札が立てられている。

それぞれ——

『社長』夜刀神十香。

『専務』四糸乃《よしの》。

『常務』星宮六喰《ほしみやむくろ》。

『人事部長』七罪《なつみ》。

『マーケティング部長』時崎狂三《ときさきくるみ》。

『宣伝部長』誘宵美九《いざよいみく》。

『特命係長』鳶一折紙《とびいちおりがみ》。

『ＯＬ』八舞耶倶矢《やまいかぐや》。

『ＯＬ』八舞夕弦。

『アルバイト』本条二亜《ほんじょうにあ》。

といった具合である。

士道はと言えば、首から『第一秘書』の札を下げ、机の脇《わき》に立っていた。なお隣《となり》には、『第二秘書』の札を下げた〈ラタトスク〉機関員、椎崎雛子《しいざきひなこ》の姿もある。

「あ、どうも……椎崎さんも来てたんですね」

「あはは……司令に任されてしまいまして。まあ私がもともとこの会社に所属していたっていうのもあるんですが……」

「え、そうなんですか？」

「はい。親や友人に『秘密組織で働いてます』なんて言えませんし。表向きは関連企業《きぎょう》の社員扱《あつか》いになっているんです。副司令は警備会社所属ですし、中津川《なかつがわ》さんは確か玩具《がんぐ》メーカーだったと思いますよ」

「なるほど……」

と、士道が椎崎と話し込んでいると、突然《とつぜん》バン！　と長机が叩《たた》かれた。見やると二亜が、不満そうな顔で役職の札を指さしていることがわかる。

「ちょっとぉ！　みんな正社員なのに、なんであたしだけアルバイトなのさー！　待遇《たいぐう》改善を要求するー！」

などと、プラカードを掲《かか》げるような仕草をしながら立ち上がる。

すると、椎崎が申し訳なさそうに頰《ほお》をかいた。

「すみません、二亜さん。これには事情があってですね……」

「事情って何よー！　いじめ!?　いじめなの!?　泣き寝入《ねい》りはしないからなー！」

「うちの会社、副業禁止なんです」

「ぐうの音も出ねぇ！」

二亜が顔から机に倒れ込む。そう。二亜にはもともと、漫画家《まんがか》という仕事があったのである。

「って、ちょっと待った。ならみっきーもそうじゃないの？」

言って、二亜が美九の方を見る。そう。美九もまた学業の傍《かたわ》ら、アイドル歌手として活動していたのだ。

が、美九はあっけらかんとした調子で指を一本立ててみせた。

「私のは『部長』って言っても、正式な役職じゃなくて、タイアップ上の名称《めいしょう》といいますかー……ほら、一日所長とかあるじゃないですか。ああいうやつみたいです」

「あー、なるほど……って、じゃああたしもそういうのでよくない⁉　せめてかぐやんゆづるんみたいにＯＬとかさあ……」

二亜が唇《くちびる》を尖《とが》らせながら言うと、耶倶矢と夕弦がフッと不敵に微笑《ほほえ》んだ。

「それは構わぬが、果たして御主《おぬし》に務まるかな？」

「説明。ＯＬとはオペレーショナル・レディの略。普通《ふつう》の社員のふりをして内偵《ないてい》をしたり、産業スパイを成敗したりする現代のくノ一です」

「なにそれこわい」

二亜が諦《あきら》めたように、ずさー、と机に突《つ》っ伏《ぷ》す。……ＯＬとは普通オフィス・レディを表す和製英語なのだが……まあ本人たちが満足ならそれでいいか、と士道は曖昧《あいまい》に苦笑した。

すると、ようやく静かになったのを見計らってか、椎崎がコホンと咳払《せきばら》いをした。

「えー……では、改めまして。これより、株式会社エルドフーズ、新商品企画会議を始めたいと思います。――社長、どうぞ」

「うむ!」

椎崎の声に応《こた》え、十香が元気よくうなずく。

「社長の夜刀神十香だ! よろしく頼《たの》む! さて、では早速《さっそく》、私の考えた最強のお菓子を発表しよう。皆、手元に資料は配られているな?」

言って十香が、机の上を示す。皆の手元には、小さなクリップで留められた数枚の書類が置かれていた。ちなみに、昨晩士道が十香の要望を聞きながら纏《まと》めたものである。

「新しい商品を作るにあたり、私は考えた。せっかく作るのだから、独《ひと》り善《よ》がりにならず、皆に広く受け入れられるものを作ろうと。

――それがこれだ。次のページを見てくれ」

十香の言葉に従い、精霊《せいれい》たちが資料を捲《めく》る。

「これは……」

「ふむん……」

「え、ええと……」

そして、皆一様に複雑そうな顔をする。

とはいえそれも無理からぬことだろう。何しろそこに記されていたのは――

『きなこガム』。

『きなこチップス』。

『飲むきなこ』。

という、きなこづくしの商品群だったのだから。

「聞くところによると、現代人には安らぎと癒《い》やしが足りていないらしい。ではそもそも安らぎと癒やしとは何か？　――そう、きなこだ」

しかし十香は皆の反応に気づいていない様子で、熱っぽくプレゼンを継続《けいぞく》した。

「あの優《やさ》しい味わい。ホッとする香《かお》り……しかも栄養も豊富ときたものだ。大豆イソ……イソ……」

「イソフラボン」

「そう、それだ」

士道が小声で助け船を出すと、十香は大仰にうなずきながら続けた。

「それの効果により、なんだかこう、身体《からだ》にいいこともあるらしい。心やすらぎ、身体よろこぶ。殺伐《さつばつ》としたこの時代にこそ、きなこの恩恵《おんけい》が必要なのだ！　きなことさなこで繋《つな》がる絆《きずな》。きなコミュニケーションをここに提唱する！」

高らかに叫び、十香が拳《こぶし》を振り上げる。数名の精霊たちが、勢いに押されたようにパチパチと拍手《はくしゅ》をしていた。……実際、内容はともかく、十香のプレゼンには不思議な説得力があった。内容はともかく。

「きなこ……ねえ。そりゃまあ嫌《きら》いじゃないけど、ポテトチップスとかと合うの？」

「ですわね。実際に食べてみないことには判断のしようがありませんわ」

七罪と狂三が、資料を眺《なが》めながらそう言う。

すると十香は、その言葉をこそ待っていたといった様子で、士道の方に視線を向けてきた。

「――シドー！」

「はいよ」

士道は小さくうなずくと、会議室の外から、様々なきなこ商品を満載《まんさい》したワゴンを運んできた。

そう。士道が作っていたのはプレゼン用の資料だけではない。十香のアイディアを元に、商品の試作品を製作していたのである。

「周到《しゅうとう》。まさかもう試作品まで作っているとは……」

「見た目は悪くなさそうですねー」

精霊たちが口々に言いながら試作品に手を伸《の》ばし、恐《おそ》る恐ると言った調子で口に運ぶ。

「……な、なるほど……」

「きなこ……ですね」

「ふむん……むくは嫌いではないぞ」

そしてなんとも複雑そうな顔をしながら、ううむと考え込むような仕草を見せる。その様は、売れるかどうかはわからないが、思ったよりは悪くない、といった様子だった。

まあ、とはいえ、異を唱えようとする者はいなかった。何しろこの提案をしているのが、決定権を持つ社長であるし、そもそもこの会社ごっこ自体が、十香のオリジナル商品を作るための舞台《ぶたい》に過ぎないのだ。

精霊たちは一瞬《いっしゅん》目を合わせると、こくりとうなずき合った。

「えっと……じゃあ、作ってみましょうか」

「むん。そうじゃの。ではパッケージデザインは二亜に任せるのじゃ」

「アルバイトには重すぎる業務なんだよなあ……まあやるけどさー」

「ならば私は、ライバル会社に破壊《はかい》工作を仕掛《しか》けてくる」

「いや、そこまでやらなくても……っていうか今さらだけど、折紙の役職、特命係長ってなに……」

などと、精霊たちがわいわいと話し込み始める。十香は満足そうに腕組《うでぐ》みしながら、うんうんとうなずいていた。

士道はそんな皆《みな》を見ながら、ひそめた声で椎崎に話しかけた。

「……椎崎さん、なんかみんな盛り上がっちゃってますけど、大丈夫《だいじょうぶ》なんですか？」

「はい、普通だったら赤字覚悟《かくご》でしょうけど、今回は〈ラタトスク〉から予算が出てますし。販売《はんばい》は通販がメインにはなりますが、アスガルドの関連会社にはスーパーマーケットもあるので、その店舗《てんぽ》に置いてもらう予定です。やっぱりこういうのは、商品を作るだけじゃなく、それが店頭に並んでいるのを見るのも醍醐味《だいごみ》ですから……と、これは司令の言葉ですけど」

ぽりぽりと頬をかきながら、椎崎が苦笑《くしょう》する。士道は「なるほど」とうなずくと、用意周到な妹様に感嘆《かんたん》の息を吐《は》いた。

最初はどうなることかと思ったが、確かにそれならいい思い出になりそうである。士道は楽しげに皆と意見を交《か》わし合う十香の横顔を眺めながら、ふっと微笑んだ。

◇

「ん……」

それからまた数日後の朝。枕元《まくらもと》で鳴り響《ひび》くけたたましい音とともに、士道は目を覚ました。

一瞬、目覚まし用のアラームかと思ったが、違《ちが》う。それは、スマートフォンに電話がかかってきていることを示す着信音であった。

「誰《だれ》だ、こんな朝っぱらから……」

士道は目を擦《こす》りながら枕元に手を伸ばすと、通話ボタンに触《ふ》れてスマートフォンを耳に押し当てた。

「……はいもしもし。五河で――」

『――士道くん！』

瞬間、大きな声が鼓膜《こまく》に突き刺《さ》さる。士道は顔をしかめながら少しスマートフォンを耳から遠ざけた。

「その声は……椎崎さん？　どうかしたんですか？」

『た、たたた大変なんです！』

「大変……？　何がです？」

慌《あわ》てた様子の椎崎の声に、士道は上体を起こした。

寝惚《ねぼ》けていた脳が急速に覚醒《かくせい》していく感覚。一体何があったというのだろうか。まさか、精霊たちの身に何かが——？

『——れてるんです』

「え？」

『だから——売れてるんです！　十香ちゃんの考案した商品が！　それも爆発《ばくはつ》的に！』

「…………………へ？」

電話口から響く椎崎の悲鳴じみた声に、士道は思わず間の抜《ぬ》けた声を発してしまった。

「売れてる……？　あのきなこチップスとかがですか？」

『そうです！　きなこガムも、飲むきなこも、その他のきなこ商品も、全《すべ》てです！　通販ページは商品を登録するなり一瞬で完売、ネットではプレミア価格がついています！　今朝から会社の電話が鳴り止《や》みません！』

「ちょ、ちょっと待ってください。一体何がどうなってるんですか!?」

『そんなの私が聞きたいですよ！　とにかく大変なんです！　車を向かわせますから、すぐ会社に来てください！』

最後の方はもう、金切り声のようになっていた。勢いのままに、ぷつりと電話が途絶《とだ》える。

士道は困惑《こんわく》しながらも身支度《みじたく》を調《ととの》えると、転がるように階段を下りて家を出た。

——それからの出来事は、まさに電光石火の如《ごと》しだった。

予想外の大ヒット商品を作ってしまった株式会社エルドフーズは、すぐさま商品の増産を決定。通販と特定店舗のみでの販売しかしていなかったきなこチップス他《ほか》には、全国の小売店から注文が殺到《さっとう》。瞬《また》く間に全国区の人気菓子《がし》となってしまった。

それによって得た莫大《ばくだい》な売り上げを元に、十香、四糸乃、六喰からなる取締役会《とりしまりやくかい》は工場への増資をスナック感覚で決定（スナックだけに）。同時に、新たなる商品の開発にも着手する。

大人の味『ぴりっときなこ』、手軽にできたての風味が味わえる『おうちできなこ』、そして、のちに伝説となる『全自動きなこふりかけ機』——

それら全てが天文学的な大ヒットを記録し、エルドフーズの営業利益は、低迷期《ていめいき》の実に一万倍を超《こ》えた。

空前のきなこブーム到来《とうらい》。日本全国を、黄色い風が駆《か》け抜けたのである。

その勢いのまま、取締役会はなんとなく株式の上場を決定。エルドフーズの株価はすぐさま高騰《こうとう》、連日ストップ高を記録した。

ときを同じくして、四糸乃と六喰がなんとなく株取引を開始。神がかった勝負勘《かん》で莫大な利益を出し、それによって株を買い増し、M&Aを繰《く》り返して幾《いく》つもの企業《きぎょう》を傘下《さんか》に加えていった。そしてその中には、もともとエルドフーズを吸収する予定だった、アスガルド・エレクトロニクス系列の会社も含《ふく》まれていた。長年一緒《いっしょ》にいるが、士道はあんなに上《うわ》擦《ず》った琴里の声を聞いたことがなかった。

連結子会社が三〇社を超えたところで、株式会社エルドフーズは子会社の吸収合併《がっぺい》を発表。その名を株式会社YATOと改めた。多業種を担《にな》う巨大複合企業《コングロマリット》の誕生である。

……無論、ここまでのことに〈ラタトスク〉は一切関与《いっさいかんよ》していない。

まるで、この世界の意志とか、神様とかいった存在が、十香を依怙《えこ》贔屓《ひいき》しているかのような、超絶怒濤《ちょうぜつどとう》の豪運《ごううん》であった。

「な、なんで……こんなことに……」

株式会社ＹＡＴＯ秘書長・五河士道は、呆然《ぼうぜん》とした心地《ここち》で声を漏《も》らしていた。

士道がいるのは自宅でも、寂《さび》れた雑居ビルの一角でもなく、都内の一等地に聳《そび》える高層ビルの中だった。エルドフーズが名前をＹＡＴＯに改めた際に移転した新社屋である。

広々とした室内にはふかふかの絨毯《じゅうたん》が敷《し》かれ、書類仕事をするには大きすぎる執務《しつむ》机がぽつんと置かれている。しかも信じがたいことにここは社長室ではなく、士道のためだけに用意された秘書長室であった。

『――ＹＡ－ＴＯの－♪　きなこ－♪』

と、そんな声音《こわね》が聞こえてきて、士道は顔を上げた。見やると、点《つ》けっぱなしにしていたテレビに、美九の姿が映し出されていることがわかる。

茶屋の看板娘《むすめ》のような可愛《かわい》らしい和服を身に纏《まと》い、手にきなこパンの載《の》ったお盆《ぼん》を持っている。その隣《となり》には、丸くて黄色い、きなこもちを擬《ぎ》人《じん》化したようなゆるキャラ『きなこもん』の姿が見受けられた。

株式会社ＹＡＴＯのＣＭである。この会社がエルドフーズという名であった頃《ころ》から、美九は広告塔《とう》として活躍《かつやく》し、商品のＰＲに多大な貢献《こうけん》をしていたのだった。

「…………」

士道は無言のまま、何とはなしにスマートフォンを操作して、ＳＮＳを表示させてみた。

そのタイムラインには、

『やっぱりYATOのきなこは最高ですわ』

『今年は冷やしきなこで決まりですわね』

『きなこもんストラップ手に入れましたわー』

などという書き込みが多数見受けられる。

……全部が全部とは言わないが、これらはマーケティング部長・狂三の分身体が書き込んでいる、所謂《いわゆる》ステルスマーケティングであるという話だった。

士道はあとから知ったことだが、最初期に何の話題性もなかったきなこチップス他が売れ始めたのには、この狂三の影響《えいきょう》もあったらしい。なんでも分身体の中に、多数のフォロワーを有している個体がいるという話だった。狂三はその個体のことを『インフルエンサーの「わたくし」』と呼んでいた。

「……にしたって、できすぎだよなあ」

と、士道が溜息《ためいき》を吐《つ》きながら呟《つぶや》いていると、コンコンと扉《とびら》がノックされた。

「あ、はい、どうぞ」

士道がテレビを消して応答すると、キィと扉が開き、一人の女性が部屋に入ってきた。

――〈ラタトスク〉の機関員にして、株式会社YATO社長秘書・椎崎である。身に纏《まと》っているのは〈ラタトスク〉の制服ではなくやたらと高級そうなスーツで、心なしか以前より化粧《けしょう》もしっかりしている気がした。

「秘書長、そろそろ会議のお時間です」

「は、はあ……じゃあ行きますか」

士道は生返事を返すと、椅子《いす》から立ち上がった。

……このところ椎崎は士道のことを『秘書長』と、十香のことは『社長』と呼ぶようになっていた。ここまで会社が大きくなってしまうと仕方のないことなのかもしれなかったが、なんだか妙《みょう》なむず痒《がゆ》さを覚える士道だった。

「にしても……俺って会議に必要ですかね？」

「何を言ってるんですか。秘書長にしかできない仕事があるじゃないですか。会議が上手《うま》くいくかどうかは、秘書長の働きにかかっていると言っても過言ではないんですよ。あ、準備を忘れないでくださいね？」

椎崎が人差し指を立てながら言ってくる。士道は「は、はい」と秘書長室に置かれていた大きな鞄《かばん》を手に取ると、椎崎とともに秘書長室を出、エレベーターに乗って、上階に位置する第一会議室へと向かった。

「おお、来たかシドー！」

士道が会議室に入ると、巨大《きょだい》な円卓《えんたく》の最奥に座った十香が、元気よく出迎《でむか》えてきた。

「お、おう。早いなみんな」

士道は小さく手を上げながら言うと、ちらと部屋の中を見回した。

かつてのボロボロ会議室とは比べものにならない、大きな部屋である。一面ガラス張りの壁《かべ》からは、東京のビル群を一望することができた。

とはいえ、その机に着く面々の顔ぶれは、エルドフーズ時代と変わらない。十香、四糸乃、六喰、七罪、狂三、美九、耶倶矢、夕弦、折紙——ぱりっとしたスーツに身を包んだ精霊《せいれい》たちが、ずらりと勢揃《せいぞろ》いしていた。

「あっ、だーりん！」

「むん。待っておったぞ、主様《ぬしさま》」

「ふ、企業戦士《きぎょうせんし》とはいえ戦士は戦士。即《すなわ》ち会議も八舞の戦場である」

精霊たちが気安げに笑いながらそんなことを言ってくる。装《よそお》いこそ社会人っぽくなってはいたが、中身はさして変わっていないようである。士道は曖昧《あいまい》に苦笑《くしょう》しながらも、ほうと安堵《あんど》の息を吐《は》いた。

「——さあ、では今日も頼《たの》むぞシドー。早速《さっそく》一本だ」

と、そう言って、十香が指を一本、立ててくる。

「あ、おう」

士道は持参していた鞄を開けると、その中から高級そうな紙に包まれた棒状のものを一本、十香に差し出した。

十香御用達《ごようたし》の、高級シガレットチョコ（きなこ味）である。なんでも、これを食べながらでないといいアイディアが生まれないのだという。

「――士道、私も」

「すみません、私もいいですか……？」

「……あ、それ終わったら私にも……」

十香に続くように、精霊たちが次々と手を上げてくる。

「はいはいっと……」

士道は順に、鞄からお菓子《かし》や飲み物を取り出すと、精霊たちへと手渡《てわた》していった。それぞれに好みがあるため、士道の鞄は毎回、様々なお菓子でパンパンになっているのだった。

……これが椎崎の言っていた『士道にしかできない仕事』である。まあ、正直秘書長というより、車内販売《はんばい》や球場でのビール売りと言った方が適当かもしれなかったけれど。

「はいはい、夕弦はポテトチップスで、美九はハーブティーな……って、ん？　なんか一人足りなくないか？」

と、そこで士道は気づいた。何やらどこかから、ドンドンという音が聞こえてきたのである。

音のする方向を見やると、ガラス張りの壁の向こうに、二亜の姿があることがわかった。ねずみ色のツナギを着てヘルメットを被《かぶ》り、ビルの外に吊《つる》されたゴンドラに乗っている。どうやら窓の清掃《せいそう》をしているらしかった。

何やら口を動かしているのだが、分厚いガラス越《ご》しであるため聞こえない。二亜もそれに気づいたのか、洗浄剤《せんじょうざい》をガラスに吹《ふ》きかけ、そこに指で文字をしたためていった。

『み・ん・な・の・ス・ー・ツ・姿・エ・ロ・く・な・い・?』

「…………」

そこまでしてそんなことを訴《うった》えたかったのだろうか。士道はたらりと汗《あせ》を垂らした。

と、それに気づいたらしい椎崎がすたすたと歩いていって、窓のブラインドを下ろした。

「さあ、会議を始めましょう」

「スルー⁉」

あまりに冷酷《れいこく》な椎崎の反応に、思わず声を上げる。すると椎崎は、ふうと息を吐きながら続けてきた。

「社内で隠《かく》れて飲酒していたペナルティです。処分なしでは他の社員に示しが付きません。

安全第一
みんな

まじめに仕事をこなせば戻《もど》してあげましょう」

「あっ、あー……」

なんだかあまりに二亜らしい理由に、頬《ほお》をかく。

そうこうしているうちに、株式会社ＹＡＴＯ、重役会議は始まった。

「──さて、では本日の議題だが。唐揚《からあ》げの衣《ころも》にきなこを使うのはどうだろうか」

「ええ……それ合うの？」

「原料は大豆。可能性はある」

「承認《しょうにん》。試作品を作って美味《おい》しければ商品化ということで」

「異議なし」

「異議なし」

「異議なし」

「──では、次の議題ですわね。くすのきニュータウンの宅地開発における入札見積もりが出ましたので確認をお願いいたしますわ」

「むん、ゲーム部門から、新アプリ開発の申請《しんせい》もきておったぞ」

「それと、製薬部門の新薬開発の件が──」

「いや明らかに途中《とちゅう》から会議の傾向《けいこう》変わってないか!?　ていうか今そんなことまでしてる

のかようちの会社⁉」

士道はたまらず叫《さけ》びを上げた。


——会議は二時間ほどで終わりを告げた。

議題は非常に多岐《たき》にわたり、クリーンエネルギー部門の設立案、コンビニ業界への新規参入、『きなこもん』を主軸《しゅじく》としたキャラクタービジネス及《およ》びテーマパークの建造案などが飛び交《か》っていた。宇宙開発の話が出た辺りで士道は考えるのを止《や》めた。十香が「宇宙にもきなこを！」と新宇宙食の開発を推《お》していたことだけは辛《かろ》うじて覚えている。

「んん……」

会議を終えた十香が伸《の》びをしながら立ち上がり、士道の方に顔を向けてくる。

「会議は楽しいが、お腹《なか》が減るな。シドー、そろそろ昼餉《ひるげ》にしよう！」

「ん……？　お、おう、そうするか……」

怒濤《どとう》の如《ごと》き情報の奔流《ほんりゅう》に気疲《きづか》れしながらも、士道はなんとかそう返した。会議中もパクパクとお菓子を食べていたはずなのだが、十香にとっては食べたうちに入らないらしい。

が、そこでタブレットを手にした椎崎が、十香の横にサッと歩み寄ってくる。

「残念ですが社長、昼は海外工場建設の件で、先方との会食があります。会場のホテルに向かいますので、準備をお願いします」

「むぅ……そうだったか。仕方ない、行くかシドー」

十香は少し不満そうに唇《くちびる》を尖《とが》らせながらも、椎崎に従い歩いていった。士道も、流されるままにそれに従う。

と、会議室を出る前、十香は何かを思い出したように、そこにいた八舞姉妹《しまい》と折紙に視線を向けた。

「――ああ、そうだ、耶俱矢、夕弦、折紙。そろそろだと思うので、頼んだぞ」

するとそれを受けて、八舞姉妹と折紙がこくりとうなずく。士道は不思議そうに首を傾《かし》げた。

「そろそろ？　何がだ？」

「うむ、少し厄介《やっかい》な仕事を頼んでいてな。まあじきにわかるだろう」

「ふーん……」

また何か新しい事業だろうか。士道は小さく唸《うな》るように返事を返すと、十香、椎崎とともに会議室を出た。

そして簡単に外出の支度《したく》を調《ととの》えてから、会食の会場に向かうため、社屋の外へと出る。

パンツルックのダークスーツの上に、ロングコートを肩掛《かたが》けした十香は、目元を隠すサングラスも相まって、会社の社長というよりマフィアのボスといった風格を醸《かも》し出していた。

「社長、お車の用意ができています」

「うむ、ありがとうだ」

十香は短く言うと、会社の前に止まった黒塗《くろぬ》りの高級車へ、颯爽《さっそう》と歩いていった。あまりに様になっているその姿に苦笑しながら、士道もそれに続く。

と──

「──シドー、少し離《はな》れていろ」

車に乗り込もうとしたところで、十香がぴくりと眉《まゆ》を揺らし、そんなことを言ってきた。

「え？　どうした十香、何か──」

瞬間《しゅんかん》。

ヒュン、と風を切るような音が聞こえてきたかと思うと、十香の身体《からだ》が微《かす》かに揺れる。

気づいたときには、十香の指先に、シュウゥゥゥ……と煙《けむり》を上げる銃弾《じゅうだん》が摘《つ》まれていた。

「えっ……？　は……っ？」

突然《とつぜん》のことに、理解が追いつかない。士道は目を白黒させながら、十香の顔と、彼女の手に収まった銃弾を交互《こうご》に見た。

が、十香は、この事態を予想していたかのような様子で、ポケットからスマートフォンを取り出すと、どこかに電話をかけ始めた。

「――もしもし。耶倶矢か？　私だ。今狙撃《そげき》を受けた。射線からみて、藤輪《とうわ》ビルの屋上だろう。すぐに狙撃手を確保……なんだ、もう捕《つか》まえていたのか。さすがはＯＬ《オペレーショナル・レディ》。仕事が早いな」

「え……ええっ⁉」

「――うむ、無事だ。この程度の弾《たま》で精霊《わたし》を討《う》とうとは、愚《おろ》かな。ああ、恐《おそ》らく黒井《くろい》不動産の手の者だろう。天宮《てんぐう》ヒルズ入札の件でこちらを逆恨《さかうら》みしているようだったからな」

「えええええええええっ⁉」

「――もしもし。折紙か？　聞いての通りだ。狙撃手は押さえた。徹底《てってい》的に頼む。うむ、ちょうど不動産部門を強化したかったところだ。黒井不動産の本社跡地《あとち》はきなこミュージアムにしよう」

「えええええええええええええええええええ――――ッ⁉」

なんだかもう展開についていけなくなって、士道はただ悲鳴を上げることしかできなか

った。

◇

――その後も、株式会社YATOの快進撃は続いた。

奇跡《きせき》の復活を遂《と》げたエルドフーズ改めYATOの新社長である十香には、講演会やテレビ出演のオファー、コンサルティングや企業《きぎょう》再生の依頼《いらい》が殺到《さっとう》。中には特別経営顧問《こもん》として十香を迎《むか》え入れたいという会社まで出てくる始末だった。

十香は首を傾げながらも「む？　まあよいか」とそれらを了承《りょうしょう》。幾《いく》つもの企業の経営を立て直し、天才経営者の名を恣《ほしいまま》にする。このとき出版された自伝的経営論『夜刀神十香、大きなこ』は、経営を志す者必読の書として、長く愛されることとなる。ちなみに表紙は腕《うで》を組んだ笑顔《えがお》の十香なのだが、中身はゴーストライターの七罪が書いていた。二亜は窓を拭《ふ》くのがすごくうまくなっていた。

今や十香に出来ないことはなく、手に入らないものなどはない。

何の冗談《じょうだん》でもなくそう思えてしまうほどに、十香は勝って、勝って、勝ちまくった。一〇〇〇回連続で賽子《さいころ》の六の目を出すかのような豪運《ごううん》を以《もっ》て、市場を蹂躙《じゅうりん》し、財界を制した。

「…………」

株式会社YATO、夜の社長室で。

星のように煌《きら》めく都会の明かりを睥睨《へいげい》しながら佇《たたず》む十香の背を見て、士道は小さく息を吐《は》いた。

──思えば、遠くまで来たものである。

最初は、ほんのお遊びのはずだったのだ。十香のオリジナルのお菓子《かし》を作るためだけに長らえた、本来ならばもう潰《つぶ》れているはずの会社。

それがいつの間にかヒット商品を連発し、瞬《また》く間にあらゆるものをのみ込み、こんなことになってしまった。

今士道の目の前にいるのは、指先一つで億単位の金を動かす、財界の覇者《はしゃ》である。今や政府ですら、十香の意向を無視することはできない。

小さな少女の小さな夢は、転げ転げて膨《ふく》れあがり、予想だにしない怪物《かいぶつ》と化してしまったのだ。

「…………」

士道の胸に、ふと不安が過《よ》ぎる。

時間にすれば、ほんの僅《わず》かの間。一夜の夢と言われれば信じてしまいそうなくらいの、刹那《せつな》の出来事。

けれどそんな短い時間の間に、十香はあまりに多くのものを手に入れすぎた。富、名声、地位、権力――およそ人間が求める欲望《よくぼう》を、全《すべ》て満たしてしまうほどに。

だから、ほんの少し不安になってしまったのだ。十香が、士道の知らない十香になってしまうのではないかと――

――ぐぅ。

と。

「……え？」

士道がそんなことを考えていると、不意にそんな音が鳴った。

一拍《いっぱく》置いて、士道は気づいた。――それが、十香のお腹の音であることに。

「……むう、お腹が空《す》いてしまったぞ」

そして、少し恥《は》ずかしそうに頬《ほお》を染めながら、十香がお腹をさする。

「――ふ」

それを見て、士道は思わず噴《ふ》き出してしまった。

「ふ、はは、あはははははっ」

「な、なんだシドー。そんなに笑わなくてもよいではないか。お腹が空けば、誰《だれ》だって音くらい鳴るだろう！」

「い、いや……はは、ごめんごめん、そういうことじゃないんだ。……なんか、安心してさ。十香は、どんなに成功しても十香なんだなって」

「……む？　当たり前ではないか。何を言っているのだ、シドー」

十香が、眉根を寄せながら首を傾げてくる。そんな動作がやたらと可愛《かわい》らしく思えて、士道はもう一度笑ってしまった。

「にしても……本当に大きくなったよなあ、この会社。最初は潰れかけだったのに」

「うむ！　みんなの頑張《がんば》りのおかげだな！　だが……」

十香は難しげな顔をすると、腕組《うでぐ》みをしてむうと唸った。

「会社が好調なのはいいことなのだが、最近少し忙《いそが》しすぎてな……シドーのごはんもめっきり食べられなくなってしまったぞ」

「ああ……確かにな」

ここのところ十香は、財界の重鎮《じゅうちん》や各国の要人との会食が続き、高級レストランや料亭《りょうてい》で食事をすることが多かったのである。最初は物珍《ものめずら》しい料理に目を輝《かがや》かせていた十香だったが、やはり気心の知れた精霊《せいれい》たちとの食事の方が楽しいらしく、最近はどうもテンションが低めの様子だった。

士道もそれは気の毒に思っていたし、何より、高級レストランのコースより、自分の料理を所望《しょもう》されるのは単純に嬉《うれ》しい。士道は「よし」と拳《こぶし》を握《にぎ》ると、ニッと笑みを作ってみせた。

「そういえば、いろいろ慌《あわ》ただしくて、新商品完成のお祝いもできてなかったしな。今日は久々に、うちで夕食にするか。十香の好きなものをなんでも作ってやるぞ」

「……！　ほ、本当かシドー！」

士道が言うと、十香は目をまん丸に見開いて、身を乗り出してきた。

「な、なんでもといったな⁉　本当になんでもか⁉　ハンバーグでも、カレーでも、オムライスでも、なんでもいいのか⁉」

「ああ、もちろんだ。一つなんてケチなことは言わないぞ。どうせならそれ全部作ろうじゃないか！　トッピングで唐揚《からあ》げとウインナーもつけてやる！」

「な、なんと……！」

十香は神の奇跡を目《ま》の当たりにした敬虔《けいけん》な信徒のような調子で天を仰《あお》ぐと、微かに身を震《ふる》わせて感激を表した。

「それはもう……さいきょーではないか！　よし、すぐに帰ろう！」

「ああ、帰りに材料を買うのを忘れずにな！」

「うむ！」

　が――

「――駄目《だめ》です！」

　次の瞬間、二人の声を遮《さえぎ》るかのように、そんな声が響《ひび》いてくる。

　見やると、いつの間にそこにいたのか、社長秘書・椎崎が、焦《あせ》った様子で頬に汗《あせ》を垂らしていることがわかった。

「し、椎崎さん……」

「前から言っていたじゃないですか、社長！　今日は経団連会長との会食です！　すぐに準備してください！」

「む……むぅ……」

　十香は不服そうな顔で唸《うな》ると、椎崎の顔を見返した。

「……どうしても駄目か？」

「駄目です！　十香ちゃん……あなたは社長なんですから！」

「…………！」

椎崎が叫《さけ》んだ瞬間《しゅんかん》、十香は目をカッと見開いた。

――まるで、何かに気づいたかのように。

「……うむ、そうか、そうだな。ふふ、なんだ、簡単なことではないか」

そして、何やらうんうんとうなずきながら、窓の方へと歩いていく。

次の瞬間、十香が壁際《かべぎわ》にあったボタンを押すと、低い駆動《くどう》音とともに、大きなガラス窓が、床《ゆか》に呑《の》み込まれるように下がっていった。夜風が部屋に流れ込み、机の上に重ねられていた書類がぶわっと舞《ま》い上がる。

「きゃ……っ！　し、社長、何を……!?」

急な突風《とっぷう》に目を細めながら、椎崎が悲鳴じみた声を上げる。

すると十香はニッと頬を緩《ゆる》め、髪留《かみど》めとネクタイを外してみせた。夜色の髪が夜風に遊び、闇色《やみいろ》のネクタイが暗闇に舞う。

「――目的はとうに果たした。社長は今日で辞《や》める。それでいいだろう？」

「な――」

十香が言うと、椎崎は口をあんぐりと開けた。

「い、いいわけないじゃないですか！　突然辞めるなんて、そんな……！　社長がいなくなったら、この会社はどうなるんですか!?」

「む？　そうだな、では……」

十香は考えを巡《めぐ》らせるようにあごに手を当て――今し方自分が開けた窓の方を見た。

恐《おそ》らくそこで気づいたのだろう。窓の外にあった清掃《せいそう》用のゴンドラが、風に煽《あお》られてガタガタと揺《ゆ》れていることに。――そして、こんな時間だというのに、そのゴンドラに清掃員が乗っていることに。

「――二亜」

「のわっ！　何さとーかちゃん！　いきなり窓開けないでくれる!?　超怖《ちょうこわ》いんだけど!?」

十香がゴンドラを覗《のぞ》き込むと、そこにいた二亜がひょこんと顔を覗かせた。

十香が、二亜の肩《かた》にガッと手を置く。

「――次の社長はおまえだ、二亜！　あとは頼《たの》んだぞ！」

「…………へ？　今なんて？」

突然の宣言に、二亜が目を点にする。後方で椎崎も同じような顔をしていた。

しかし十香は意に介《かい》さずにすたすたと歩みを進めると、士道の手をぎゅっと握ってきた。

「さあ、では帰ろう、シドー！　ちゃんと摑《つか》まっているのだぞ？」

「え？　それって……わ、わわわわわ……っ!?」

士道はぐいと手を引かれ――思わず声を裏返らせた。

だがそれも無理からぬことだろう。何しろ、士道の手を引いた十香は、士道の身体《からだ》をお姫様《ひめさま》だっこのような調子で抱《かか》え上げ――そのまま、ビルの窓から夜空に飛び降りたのだから。

「ふふ――はははははっ！　気持ちがいいな、シドー！」

「あ……ああ、そうだな……ははははは……っ！」

士道は、凄《すさ》まじい浮遊感《ふゆうかん》を全身で感じながらも、やけくそ気味な笑い声を上げ、十香とともに夜闇へと消えていった。

――後日。神がかり的な急成長を遂《と》げた株式会社ＹＡＴＯは、十香の辞任とともに業績を急激に落としていった。

まるで、十香を贔屓《ひいき》していた神様が「……ん？　もう十香はいないのか。ならばよいか」と会社から興味を失ってしまったかのように。

精霊たちも、そういえば最初の目的はとうに達していた、と思い出したように一人また一人と会社を抜《ぬ》け、途中《とちゅう》からテンションがおかしくなっていた椎崎も、我に返ったかのように目を覚まし、菓子折《かしお》りを持って十香のところに謝罪にやってきた。

どうやら〈ラタトスク〉機関員だというのに、精霊の意志に反して仕事を続けさせようとしたことを琴里に怒《おこ》られたらしい。やたらと申し訳なさそうな顔をしていた。まあ、当の十香はまったく気にしていないようだったし、椎崎が持ってきたお菓子が気に入ったのか、逆にお礼を言っていたのだが。

ともあれ、そんなこんなで、精霊たちは、いつもの日常に戻《もど》ってきたのである。

「──さ、おまたせ！」

「おお！」

今日の夕食は、士道が皮から手作りした特製焼き餃子《ぎょうざ》である。大皿に盛られた黄金色の餃子に、十香をはじめとした精霊たちが、目をキラキラと輝かせる。

「し、シドー、熱いうちに食べよう！」

「はは、そうだな。じゃあ、いただきます」

『いただきます！』

テーブルを囲んだ精霊たちが、一斉《いっせい》に手を合わせ、餃子に舌鼓《したつづみ》を打ち始める。

そんな見慣れた、しかし得がたい光景に、士道は思わず頬が緩むのを感じた。

と、

「……ん？」

そこで、何やら聞き覚えのある単語が聞こえてきた気がして、リビングのテレビに目をやる。

テレビの中では、株式会社ＹＡＴＯが会見を行っていた。ナイアガラ級の株価下落をしてしまった株式会社ＹＡＴＯは、結局もとの予定通り、アスガルド系列の会社に吸収されることになったらしい。役員と思《おぼ》しき男性が、難しげな顔で記者の質問に答えている。

耳を澄《す》ますと、画面の端《はし》の方から『離《はな》せー！　社長はあたしだぞー⁉』という声が聞こえてきた気がした。

『押さえろ、社長を行かせるな！』

『諦《あきら》めてください！　もう無理ですって！』

『ちくしょー！　あたしの会社だぞー！　せっかく出世したのにー！』

「…………」

なんだか妙《みょう》に騒《さわ》がしい会見だった。思わず頬にたらりと汗を垂らす。

が、夕食に夢中な十香は、それに気づいていないようだった。

「うむ！　やはりどんな高級レストランより、皆《みな》と食べるシドーの料理が最高だな！」

熱々の餃子をパクパクと食べながら、十香が満面の笑《え》みを浮《う》かべた。

真那アゲイン

AgainMANA

DATE A LIVE ENCORE 10

天宮《てんぐう》市は東天宮の住宅街に位置する五河《いつか》家のリビングには今、絵に描《か》いたような穏《おだ》やかな午後の風景が広がっていた。

時刻は一五時。レースカーテン越《ご》しのうららかな陽光が、テーブルの上に置かれたティーポットとカップをゆらゆらと照らしている。皿に盛られたクッキーは自家製。製作者の腕《うで》によって少々形に違《ちが》いは見られるものの、それもまた味だった。

「ふう……」

士道《しどう》は紅茶を一口啜《すす》ると、細く息を吐《は》いた。紅茶の豊かな香《かお》りが口の中に広がると同時、僅《わず》かに湯気の残滓《ざんし》が立ち上り、すぐに空気に消えていく。

普段《ふだん》なら気にも留めないそんな現象に気づけるのも、贅沢《ぜいたく》な時間の証左だろう。士道はふっと頬《ほお》を緩めると、向かいのソファに座る妹に目を向けた。

「なんていうか、こういうのも久々だな」

「そうだねー。賑《にぎ》やかなのもいいけど、たまにはいいもんだよねー」

士道の言葉に応《こた》えるように、琴里《ことり》が小さくうなずきながら言ってくる。その動作に合わせて、彼女の髪を括《くく》った白いリボンが微《かす》かに揺れた。

今五河家のリビングにいるのは、士道と、その妹の琴里のみである。まさに、兄妹《きょうだい》水入らずのティータイムであった。

一年ほど前までは比《ひ》較《かく》的ありふれた光景であったけれど、精霊《せいれい》たちの攻略《こうりゃく》が始まり、五河家の隣《となり》にマンションが建ってからは、なかなか貴重になっていた時間である。士道は感《かん》概《がい》深げに吐《と》息《いき》すると、もう一度紅茶を啜った。

ぬるま湯に浸《ひた》りながら、ゆっくりと過ごすかのような感覚。時間の進みがほんの少し遅《おそ》くなっているかのような錯覚《さっかく》。なるほど、たまにはこういうのも悪くない。士道はカップをソーサーに落ち着けると、背を反らすようにして軽く伸《の》びをした。

と──その瞬間《しゅんかん》。

そんな穏やかな空気を裂《さ》くように、廊下《ろうか》から激しい足音が響《ひび》いてきたかと思うと、突然リビングの扉《とびら》が勢いよく開け放たれた。

一瞬、精霊の誰《だれ》かがやってきたのかと思ったが──違う。予想外の顔に、扉の方を見た士道と琴里は同時に目を丸くした。

「へ……？」

だがそれも当然だ。何しろそこにいたのは、海外赴《ふ》任《にん》中の母・五河遥子《はるこ》その人であったのだから。

ショートカットの髪《かみ》に、細身の体軀《たいく》。ここまで走ってきたのだろうか、息は荒《あら》く、額はじっとりと汗《あせ》ばんでいる。

とはいえそこまではまだいい。母が士道たちを驚《おどろ》かせようと事前連絡《れんらく》を入れずに突然帰ってくるのはよくあることだったし、今日は比較的気温も高い。少し運動すれば汗ばみもするだろう。

けれど問題は、その双眸《そうぼう》に、じわりと涙《なみだ》が浮かんでいることだった。

「か、母さん……？」

「どしたの、そんなに慌《あわ》てて……」

士道と琴里が驚きながらも問うと、遥子は大きく息を吐き出してから、キッと視線を鋭《するど》くした。

「しーくん、ことちゃん、よく聞いて」

そして一拍《いっぱく》置いてから、意を決するようにあとを続ける。

「私……………、離《り》婚《こん》する！」

その破滅《はめつ》的な言葉に、士道と琴里は一瞬目を見合わせると――

『えええええええええええええええええええええええ――っ!?』

二人揃《そろ》って、喉《のど》を潰《つぶ》さんばかりの大絶叫《だいぜっきょう》を上げた。

◇

——ときは、少し前に遡《さかのぼ》る。

「んー、懐《なつ》かしの我が町！」

空港から直行バスに揺《ゆ》られることおよそ二時間半。天宮駅前へと降り立った遥子は、大きく息を吸いながら、感慨深げに背伸《せの》びをした。

大手電子機器メーカー、アスガルド・エレクトロニクスの社員である遥子は、日頃《ひごろ》本社のあるアメリカで生活をしているのだが、やはり生まれ育った土地というのはどこか落ち着くものである。駅前に聳《そび》えるビルや噴水《ふんすい》、謎《なぞ》の犬の像などを見渡《みわた》しながら、故郷の空気を身体に循環《じゅんかん》させるように深呼吸をする。

「なんかこう、ここまで来てようやく、帰ってきたーって感じするわよね。空港だとまだ微妙《びみょう》に英語出ちゃうけど、ようやく言語が日本ベースに戻ってくるっていうか」

「あー……まあわからないでもないかな」

苦笑《くしょう》しながらそう返してきたのは、隣に立った夫の竜雄《たつお》だった。

黒縁《くろぶち》の眼鏡を掛《か》けた、朴訥《ぼくとつ》そうな男である。今は薄手《うすで》のコートをその身に纏《まと》い、大きなスーツケースを転がしていた。

彼もまた、遥子と同じようにアスガルド・エレクトロニクスの社員だ。そう、遥子と竜雄は夫婦《ふうふ》揃《そろ》って、海外に赴任していたのである。

そんな竜雄の顔を見ながら、遥子は思い出したように「そういえば」と頰をかいた。

「どうしたの、今回は。急に日本に帰ろうだなんて。いや、私もしーくんやことちゃんには会いたかったし、全然いいんだけどさ」

そう。遥子と竜雄は毎年数回、長期休暇《きゅうか》のたびに日本に帰ってきていたのだが——今回の帰国は、わざわざ有給休暇を取って、急遽《きゅうきょ》決めたものだったのである。

無論今までそういったケースがなかったわけではないが、それらは大体遥子が「シドニウムとコトリンが足りない……」と駄々《だだ》をこねるパターンだったため、今回のように竜雄が帰国を発案してくるのは珍《めずら》しかったのである。

「ああ——」

遥子の言葉に、竜雄は眼鏡の位置を直しながらふっと微笑《ほほえ》んだ。

「ちょっとね……はるちゃんに、会わせたい人がいるんだ」

「会わせたい人……？」

意味深なその言葉に、遥子は首を捻《ひね》った。

「誰よ、一体。新しい精霊ちゃんのこと？」

五河家には今、〈ラタトスク〉が保護した精霊たちが頻繁《ひんぱん》に出入りしている。うち数名とは既《すで》に一度会ったことがあったが、遥子たちがアメリカに発《た》ったのち、また新たに二名の精霊が加わったという話であった。

「それもあるんだけど、もう一人、特別な人がいるんだ。はるちゃんはきっと驚いてくれると思うな」

「えっ、まさか、演歌界の女王・大道寺《だいどうじ》みゆき？　マジで？」

「……ごめん。期待《きたい》に添《そ》えなくて」

竜雄が心底申し訳なさそうに肩《かた》を落とす。遥子は苦笑しながらバンとその背を叩《たた》いた。

「何しょげてるのよ。冗談《じょうだん》だって。楽しみにしておくわよ。たっくんから有休申請《しんせい》なんてそうそうないし、何か理由があるんでしょ？」

「うん、ありがとう」

遥子が言うと、竜雄が小さく頭を下げてくる。相変わらず真面目《まじめ》な男である。遥子は苦笑しながら言葉を続けた。

「ま、何はともあれまずは家でいいんでしょ？　行きましょっか。──あ、その前にお手洗い行ってくるから、ちょっと待っててくれる？」

「ん、わかった」

竜雄がこくりと首肯《しゅこう》してくる。遥子は小さく手を振《ふ》りながら、化粧室《けしょう》へと歩いていった。

「…………」

化粧室へと歩いていく遥子の背を見ながら、竜雄はほうと息を吐いた。

——なんとかここまでは成功だ。少々不思議がられはしたものの、とりあえず目的を伏《ふ》せたまま、遥子を日本に連れてくることができた。

いやまあ何をそれくらいと思われるかもしれなかったが、日頃遥子に隠《かく》し事をしたりしない竜雄にとっては、相当な大仕事だったのである。

とはいえ、これも全《すべ》ては、遥子の笑顔を見るためだ。竜雄は決意を新たにするようにぐっと拳《こぶし》に力を込《こ》めた。

急遽有給休暇を取って日本に帰ってきた目的——それは先ほど遥子に語った通り、とある人物と遥子を引き合わせるためだった。

竜雄がその人物の存在に気づいたのは今から数週間前。仕事の関係で〈ラタトスク〉のデータベースを閲覧《えつらん》していたときのことである。

その人物の経歴は、元DEMインダストリー所属の魔術師《ウィザード》となっていたが、その名、そしてその顔を見た竜雄は、しばしの間言葉を失ってしまった。

それはそうだろう。何しろその人物とは——

「——むっ、その後ろ姿はもしや」

と、竜雄がそんなことを考えていると、不意に後方からそんな声が響いてきた。

「……！」

竜雄はその声に弾《はじ》かれるように後ろを振り返った。するとそこに、一人の女の子が立っていることがわかる。

歳《とし》の頃は一四～一五歳くらいだろうか。一つに纏《まと》められた髪に、左目の下に打たれた泣《な》き黒子《ぼくろ》が特徴《とくちょう》的な少女である。体軀そのものは小柄《こがら》であったけれど、その立ち姿には堂々たる自信と気迫《きはく》が満ちており、彼女の姿を勇壮《ゆうそう》な狼《おおかみ》のように見せていた。

「やっぱり！　お久しぶりでいやがります、竜雄先輩《せんぱい》！」

そして、少女がニッと微笑みながらそう言ってくる。その様に、竜雄は不思議な感慨を覚えた。

それはそうだ。何しろその姿は、三〇年前のあのときと、一切《いっさい》変わっていなかったのだから。

「うん、久しぶりだね——真那《まな》ちゃん」

竜雄がそう返すと、真那と呼ばれた少女は、もう一度笑ってみせた。

そう。崇宮《たかみや》真那。今からおよそ三〇年前に行方《ゆくえ》不明になった、遥子の親友である。

まさかDEMに拉致《らち》され、記憶《きおく》処理を施《ほどこ》された上で魔術師《ウィザード》にされていたとは思わなかったが、こうして目の前に彼女が存在している以上信じざるを得まい。なんとも不思議な感覚に、竜雄は思わず苦笑した。

すると真那もまた、興味深げに竜雄の顔を覗《のぞ》き込んでくる。

「いやー、三〇年も経《た》ってるわりにはあんまり変わってねーですね、先輩」

「君ほどじゃないけどね」

真那の言葉に、肩をすくめながら返す。顕現装置《リアライザ》による代謝操作か、それとももっと単純に冷凍睡眠《コールド・スリープ》でもさせられていたのか、真那の姿は当時とまったく変わっていなかったのだ。

「あはは、それはそうでしたね」

真那は快活に笑うと、思い出したようにピクリと眉《まゆ》を揺らした。

「そういえば、遥子はどこです？　一緒《いっしょ》だったのでは？」

「今お手洗いに行ってるよ。安心して。真那ちゃんのことはまだ言ってないから」

「おお、それはどうも。――ふふ、遥子の驚く顔が目に浮《う》かびます」

言って真那が、面白《おもしろ》がるように腕組《うでぐ》みする。実際彼女も楽しみだろう。何しろ、三〇年ぶりの再会なのである。

「いやしかし、驚きでいやがりますね。竜雄先輩と遥子が結婚《けっこん》していたのはまあ予想通りとしても、まさか琴里さんのご両親だったとは」

「そりゃあ僕だって驚いたよ。いつの間にか〈ラタトスク〉所属魔術師《ウィザード》が増えてると思ったら、そこに崇宮真那って書いてあったんだから」

「まあ、いろいろありやがったのですよ。驚きといえば、今は兄様のご両親でもいやがるのでしょう？　ううむ、これはもう、真那も父様母様と呼ぶべきでしょうか？」

真那が神妙《しんみょう》な顔をしながらあごを撫《な》でる。

真那の兄・崇宮真士《しんじ》は、竜雄のかつての友人である。彼もまた真那と同様、三〇年前に行方不明になっていたのだが——様々な紆余曲折《うよきょくせつ》を経《へ》て、今は五河士道という名で、竜雄と遥子の養子になっていたのである。……まあ、竜雄がそのあたりの事情を知ったのも、つい最近のことではあったのだけれど。

「ううん、真那ちゃんに父様って呼ばれるのは、なんだか不思議な感じだね……」

「ふふ、兄様の父様なら、真那の父様も一緒です。ねー父様！」

「おいおい、勘弁《かんべん》してくれよ」

「いいじゃねーですか、父様。せっかく久々に会えたんですから！」

などと、冗談めかした調子で、真那が竜雄の手を取ってくる。その無邪気《むじゃき》な様子に、竜雄は力なく苦笑した。


「ふんふふふーん……」

駅の化粧室をあとにした遥子は、小さく鼻歌を口ずさみながら、竜雄の待つ場所へと戻《もど》っていた。

もうすぐ士道と琴里に会えると思うと、自然と心が浮き立ってしまう。無論、今日の帰国も事前に伝えてはいない。遥子も竜雄も、相手を驚《おどろ》かせるのが大好きなのだ。……まあ、その性分《しょうぶん》のせいで、以前帰国したときは逆に驚かされてしまったのだけれど。

とはいえ、もう家に精霊《せいれい》たちが出入りしていることは知っている。久々に彼女らに会えるのも楽しみの一つではあった。

「にしても――」

遥子は道中、独り言を呟《つぶや》いた。

楽しみといえばもう一つ、先ほどの竜雄の言葉が気にかかっていたのである。

「会わせたい人……ねぇ。一体誰《だれ》のことかしら？」

竜雄が珍しく休暇を申請したのである。よほど遥子を驚かせる自信があるのだろう。一体誰だろうか。会わせたい……ということは今まで会ったことのない人か、長らく交流のない人だろう。となると……

「はっ、まさかしーくんの彼女……？」

遥子はピクリと眉を揺《ゆ》らした。ちなみに同時に琴里のボーイフレンドという可能性も頭を掠《かす》めたが、もしそうだった場合、竜雄はもっとテンションが下がっているだろうと思われた。

まあ、それは遥子にしたって同じである。士道や琴里に恋人《こいびと》が出来るのは喜ばしいことであるし、もしそうならば全力でお祝いしてあげようとも思っているが、まったく寂《さび》しさを感じないかと言われれば嘘《うそ》だった。

「そっか、サプライズって必ずしもいいことばかりとは限らないのよね……」

遥子は思い直すように首を振った。そう。「実は僕、借金があるんだ……」と借金取りを紹介《しょうかい》されたり、「実は僕、ヒップホップで食っていこうと思うんだ……」と音楽の師匠《ししょう》を紹介されたり、「実は僕、他《ほか》に好きな人がいるんだ……」と浮気《うわき》相手や隠し子を紹介される可能性だってゼロではないのだ。

「──って、まあたっくんに限ってそんなことあるはずないか。あっはっは」

遥子は自分の頭を掠めた考えを振り払《はら》うように笑った。竜雄の財務状況《じょうきょう》は逐一確認《ちくいちかくにん》しているし、音楽で飯を食うことを夢見るほど歌は上手《うま》くない。何より、あの竜雄が浮気だなんて──

「…………」

そこで、遥子は無言になった。別に竜雄の愛を疑うわけではないのだが、彼はいろいろと危《あや》ういというか、ちょっと女性を誤解させてしまう節がないでもなかったのである。職場でもその柔和《にゅうわ》な性格と理知的な言動からか女性の同僚《どうりょう》から人気があるし、誰にでも優《やさ》しいのにノーガードで押しに弱いところがある。……そういえばここ最近、妙《みょう》にこそこそ誰かと連絡《れんらく》を取っていた気がするような……？

「いやいや、まさかまさか……」

──と、遥子はそこで足を止めた。

前方に、竜雄と──一人の少女の姿が見受けられたのである。

中学生くらいだろうか。活発そうな雰囲気《ふんいき》の女の子だ。

まあ、そこまではいい。それだけなら、道を聞かれたか何かだと思ったろう。

問題はその少女と竜雄が手を繋《つな》ぎ、やたらと親しげに話していることだった。

「おいおい、勘弁してくれよ」

「いいじゃねーですか、父様。せっかく久々に会えたんですから！」

「──────」

その、会話を聞いて。

遥子は手にしていたスマートフォンを落とした。


竜雄と真那がじゃれついていると、右方から、かしゃーん、と何かを落とすような音が響《ひび》いてきた。

「へ？」

見やるとそこに、遥子の姿があることがわかる。どうやらいつの間にか化粧室から戻ってきていたらしい。何やら信じられないものを見たような表情で、顔を真っ青にしていた。

一瞬《いっしゅん》、かつて行方不明になったはずの親友の姿に驚いたのかと思ったが──違《ちが》う。何やら様子がおかしい。驚きは驚きでも、驚喜《きょうき》や感動ではなく、戦慄《せんりつ》とか憤怒《ふんぬ》といった色が見受けられた。

「と、とととととととととと……父様……？」

遥子が震《ふる》える手で竜雄を指さしながら、呆然《ぼうぜん》とした声音《こわね》で言ってくる。

「あ」

それを聞いて、竜雄は目を丸くした。

言われてみれば今の状況は、傍《はた》から見たらもの凄《すご》く誤解を招きそうな光景だったのである。

「か、隠《かく》し子……？　しかもことちゃんと変わらないくらい大きな……まさか、私に会わせたい人って――」

「いや、はるちゃん、聞いて。これは――」

「――たっくんの浮気者ぉぉぉぉぉぉぉっ！」

遥子は竜雄の言葉を遮《さえぎ》るように大声を上げると、そのまま走り去ってしまった。

◇

「うっ……ぐず……っ、そういうわけなのよ……っ」

五河家に駆《か》け込んできた遥子は涙《なみだ》ながらにそう言うと、ずずっと鼻水を啜《すす》ったあと、士道の淹《い》れた紅茶を一息に飲み干した。自棄《やけ》酒《ざけ》ならぬ自棄ミルクティーである。まだ少し熱かったのだろう。軽くむせていた。

「まさか、あの父さんが……」

「何かの間違いじゃないのー……？」

一通り話を聞いた士道と琴里は、表情を困惑《こんわく》の色に染めながら顔を見合わせた。

それはそうだ。何しろ父がいつの間にか浮気をし、隠し子まで拵《こしら》えていたというのである。

とはいえ、真面目《まじめ》で優しい父・竜雄と、隠し子を持つ浮気者のイメージが、どうも頭の中で上手く結びつかなかった。

しかも、澪《みお》との邂逅《かいこう》を経て『崇宮真士』の記憶を取り戻した士道としては、遥子と竜雄は義理の両親であると同時にかつての友人だ。その二人の別れ話を聞かされることになるとは、なんとも複雑な気分だった。

「間違い⁉　何をどう間違ったら、中学生くらいの女の子に手を取られながら『父様』って呼ばれるの⁉　私のいない間に日本ではそういう風習ができたの⁉」

遥子が荒々《あらあら》しくカップをソーサーに置きながら叫《さけ》びを上げる。……まあ、確かにその通りではあった。

とはいえ、だからといって両親の離婚《りこん》危機を黙《だま》って見ているわけにもいかない。士道はどうにか遥子を宥《なだ》めようと言葉を続けた。

いじゃ……」

「落ち着いて落ち着いて。本当に『父様』って言ってたのかな？　もしかしたら聞き間違

「そうだよー。それに、もし本当に『父様』って言ってたとしても、お父さんって意味じゃないかもしれないよ？　こう、お小遣《こづか》いをくれるパパ的な意味かも……」

「それはそれで問題あるんですけどぉぉぉぉっ⁉」

琴里の言葉に、遥子が絶叫《ぜっきょう》を上げる。まったくその通りだった。士道が「何言ってるんだよ」と言うように琴里に視線を向けると、琴里が「ごめーん……」とぺろりと舌を出した。

「ああもう……前々から危ういとは思ってたのよ！　あの人昔から妙に女の子に慕《した》われるし、なんかナチュラルラッキースケベ体質だし、そのくせ誘《さそ》いを断るのド下手だし……！そもそも根本的に人がよすぎるのよ！　だから悪い女に騙《だま》されるんだわ！」

遥子が頭を掻《か》き毟《むし》りながら、呻《うめ》くように声を上げる。褒《ほ》めてるんだか貶《けな》してるんだかわからないその言葉に、士道は思わず苦笑《くしょう》した。

「なんだか惚気《のろけ》にも聞こえるんだけど……」

士道が言うと、遥子はキッと視線を鋭《するど》くしながら続けた。

「とにかく！　裏切り者には血の報復を！　浮気者には死の鉄槌《てっつい》を！　こうなったらもう

たっぷり慰謝料《いしゃりょう》ふんだくってやるんだから……！　しーくんとことちゃんはもちろんお母さんに付いてきてくれるわよね……⁉」

　ずいと身を乗り出しながら、遥子が士道と琴里に迫《せま》ってくる。確かに士道も琴里もまだ未成年。もし仮に離婚となったなら、父母どちらかに付いていかねばならないだろう。

　だが、そう軽々に判断できるようなことではなかった。士道は困り顔を作ると、興奮した遥子を落ち着かせるようにゆっくりと言葉を続けた。

「もし母さんの言うことが本当なら仕方ないかもしれないけど……とにかく一回、父さんに話を聞いてみよう。母さん、父さんの弁解も聞かず走ってきちゃったんだろ？　何か事情があるかもしれないじゃないか」

「そうそう。ほら、今おとーさんの携帯《けいたい》に電話してみるから……」

　言って、琴里が自分のスマートフォンを取り出し、慣れた様子で画面をタップし始める。

　するとそんな様子を見てか、遥子が顔をくしゃっと歪《ゆが》め、目からぶわっと涙を流し始めた。

「う、う……うわぁぁぁぁぁん！　しーくんことちゃんまでぇぇぇぇっ！　もう家庭に私の味方はいないのねぇぇぇぇぇぇぇぇっ！」

「あ……っ！　母さん⁉」

士道が制止しようとするも、遅《おそ》い。

遥子は大声で泣き叫ぶと、そのままソファから立ち上がり、転がるように家を出て行ってしまった。

◇

「……本当に申し訳ねーです。悪ふざけが過ぎました」

心底すまなそうな顔で、真那が頭を下げてくる。竜雄は苦笑しながら小さく首を横に振《ふ》った。

「頭を上げてよ、真那ちゃん。悪気があったわけじゃないだろう？」

「それはそうですが……あらぬ誤解をさせちまいました」

「あはは……はるちゃんもちょっと早とちりなところがあるからなぁ……」

竜雄は頬《ほお》をかくと、遥子が落としていってしまったスマートフォンを拾い上げ、鞄《かばん》にしまい込んだ。

「これじゃ連絡も取れないな……仕方ない、とりあえずうちに行こうか。はるちゃんもきっと向かってると思うし。とりあえず事情を説明しよう。そうすればわかってくれるはずさ」

「ええ、そうですね……」

真那は気を取り直すように息を吐《は》くと、再度顔を上げてくる。竜雄は小さく首肯《しゅこう》すると、スーツケースを転がして、駅前広場を横断していった。

「しかし、意外と気づかねーもんですね。それこそ昔は、毎日のように会ってたっていうのに。まあ、三〇年も会ってねーとなれば仕方ねーかもしれませんが……」

と、五河家への道中、真那が自分の顔をペタペタと触《さわ》りながらそう言ってくる。

竜雄はそんな様子を横目で見ながら難しげに唸《うな》った。

「うーん、まあ、それもあると思うけど、そもそも昔の友だちが昔の姿のままいるとは思わないんじゃないかなぁ。僕も、データに名前がなかったら、たぶん気づかなかったと思うし……」

「あ、言われてみればそうですね。普通《ふつう》人間は歳《とし》を取るものでした」

などと、真那が山中に棲《す》まう仙人《せんにん》のようなことを言ってくる。竜雄は思わず苦笑した。

――まあ実際、歳を取らず人智《じんち》を超《こ》えた力を振るうという意味では、魔術師《ウィザード》も仙人も似たようなものかもしれなかったけれど。

と、そんなことを話しながら五河家への街路を歩いていると、不意に竜雄のスマートフォンが震え始めた。

画面を見やると、そこに『琴里』の名が表示されていることがわかる。竜雄は画面をタップすると、スマートフォンを耳に当てた。

『もしもし？　おとーさん？　なんか今、おかーさんが泣きながら帰ってきて、またすぐ出ていっちゃったんだけど……隠し子って何？』

琴里が訝《いぶか》しげに問うてくる。竜雄は予想通りの言葉に渋《しぶ》い顔を作った。

「ああ……うん、それはね……」

竜雄がかいつまんで事情を説明すると、琴里が驚《おどろ》いたように声を上げてくる。

『えっ？　真那のこと？　っていうか真那っておとーさんおかーさんと知り合いだったの？　なんだ、それならそう言っておいてくれればよかったのに』

「ごめんよ。はるちゃんを驚かせたくってさ……」

『とりあえず了解《りょうかい》。私たちの方でもおかーさん捜《さが》してみるから。じゃあ、またあとでね』

そう言って、琴里が通話を切る。すると隣《となり》を歩いていた真那が、興味深そうに顔を覗《のぞ》き込んできた。

「琴里さんでいやがりますか？　何と？」

「うん……はるちゃん、やっぱり一旦《いったん》家に帰ったらしいんだけど、また泣きながらどこかに行っちゃったって……」

竜雄が言うと、真那は「あー……」と納得《なっとく》を示すように頬をかいた。

「う……っ、うう……っ」

五河家をあとにした遥子は、そのままふらふらと辺りをさまよい、近くの公園へとやってきていた。他に行くような場所もなかったし、仮にあったところで、このみっともない泣き顔を晒《さら》すのは躊躇《ため》われたのである。

公園の脇《わき》に設《しつら》えられたベンチに座り込み、蹲《うずくま》るような格好で嗚咽《おえつ》を漏《も》らす。春先にしては寒々しい風が、遥子の心をさらに冷やした。

「……っ……」

と、どれくらいそうしていた頃《ころ》だろうか。遥子は不意に、ぴくりと肩《かた》を震わせた。

理由は単純。蹲るように背を丸め、地面を向いた遥子の視界に、何者かの足が入り込んできたからだ。

「むん……どうしたのじゃ？　どこか痛むのか？」

それと同時、頭の上からそんな声が聞こえてくる。遥子は小さく息を詰《つ》まらせ、顔を上げた。

そこに立っていたのは、一人の少女だった。少しあどけなさの残る顔立ちに、優《やさ》しげな双眸《そうぼう》。歳は琴里と同じくらいだろうか。身の丈《たけ》ほどもあろうかという長い髪《かみ》を三つ編みに結《ゆ》わえ、肩口にくるりと巻き付けていた。

どうやらベンチで一人蹲る遥子を心配して、声をかけてくれたらしい。心の寄る辺を失っていた遥子は、彼女の優しさに、再び泣いてしまいそうになった。

とはいえ、それではまた彼女を心配させてしまうだろう。遥子はどうにか涙を拭《ぬぐ》うと、ふるふると首を横に振ってみせた。

「……大丈夫《だいじょうぶ》よ。心配かけてごめんなさい。別に怪我《けが》とか病気ってわけじゃないの」

「ふむん……」

遥子が返すと、少女は唸るように呟《つぶや》き、遥子の隣に腰《こし》かけてきた。

「な、何？　どうしたの？」

「大丈夫なことはあるまい。怪我でも病気でもないのに泣くなど、ただごとではないじゃろう。申してみよ。人に話すだけでも心持ちが違《ちが》うものじゃぞ」

「え……？　で、でも……見ず知らずの人に、そんな……」

「むん、これは失礼をした。むくの名は星宮六喰《ほしみやむくろ》。この近所に住んでいる者じゃ」

少女が遥子の目を真《ま》っ直《す》ぐ見つめながらそう言ってくる。遥子は「そういう意味で言ったんじゃないんだけど……」と思いはしたものの、そのあまりに真剣《しんけん》な眼差《まなざ》しに何も言えなくなってしまった。

「…………」

無論遥子とて、普段《ふだん》は初対面の人間に身の上話をしたりはしない。けれど、このときばかりは事情が違った。心が弱っていたところに手を差し伸《の》べられたというのもあるし――何より、彼女の真摯《しんし》な瞳《ひとみ》が、面白《おもしろ》半分などではなく、心から遥子のことを慮《おもんぱか》ってくれているように感じられたのである。

「……ええと、じゃあ、お言葉に甘えて、ちょっとだけ」

遥子はそう言うと、躊躇いがちに咳払《せきばら》いをしてから話を始めた。

そして、数分後。

「――ってわけなのよ！　ひどいと思わない⁉　くっそー、私という者がありながらぁぁあぁあっ！」

結局、躊躇いがちだったのは最初だけだった。実際遥子も、誰《だれ》かに心情を吐き出したかったのだろう。話が進むにつれ口調はヒートアップし、最終的には酒も飲んでいないのに絡《から》み酒のようになっていた。

「ふむん、なるほど……それはひどい話じゃのう」

少女――六喰は、至極《しごく》落ち着いた調子で遥子の話を聞きながら、真剣に相槌《あいづち》を打ってくる。もとより愚痴《ぐち》を零《こぼ》したかった遥子が熱くなるのも無理からぬ話ではあった。

「でしょー⁉　六喰ちゃんもそう思うでしょー⁉　やっぱもうこれ離婚《りこん》しかないわよね⁉」

「……ふむん」

が、遥子が勢いのままそう言ったところで、六喰が初めて、難しげな顔を見せた。そして何やら考え込むようにあごを撫《な》でる。

「ん……どうしたの、六喰ちゃん」

遥子が首を傾《かし》げながら問うと、六喰は「いや」と目を伏《ふ》せ、首を横に振ってきた。

「遥子の言うとおりじゃ。そのような不埒《ふらち》な輩《やから》には、目に物を見せてくれるがよいじゃろう」

「だよね！　それしかないわよね⁉」

「むん。最愛の妻がありながら、他のおなごにうつつを抜《ぬ》かすとは、男の風上にも置けぬ卑劣漢《ひれつかん》よ」

「そ、そうよね！　ああもう、また腹立ってきた……！」

遥子が拳《こぶし》でもう片方の手のひらを打ちながらいきり立つと、六喰が腕組《うでぐ》みしながらうんうんとうなずいてきた。

「もはや人の理性を持っているとも思えぬ。犬畜生《いぬちくしよう》にも劣《おと》る下劣《げれつ》さよ。棒で叩《たた》いて殺すがよかろう」

そしてそのまま、何やら物騒《ぶつそう》な言葉を吐き始める。突然《とつぜん》のことに、遥子は思わずギョッとした。

「……え？」

「姦通《かんつう》の罪にはそれが相応《ふさわ》しかろうて。まあ、頭の髄《ずい》まで獣欲《じゆうよく》に侵《おか》された色狂《いろぐる》いよ。死の瞬間《しゆんかん》まで己《おのれ》の咎《とが》を解《かい》せぬやもしれぬがな」

「い、いや……何もそこまでは……ほら、あの人お人好《ひとよ》しで押しが弱いところあるし、たぶん自分からっていうより、相手に押し切られちゃった感じだと思うし……」

「なんと。己の罪を相手になすりつけようとまでしておるのか。見下げ果てた塵芥《ちりあくた》よな。そのような輩、早く見切りをつけて新たな夫を探すがよかろう。遥子の話を聞こうともせぬ童《わらべ》らも同様じゃ。どうせ父親に似て碌《ろく》な人間ではあるまい。根腐《ねぐさ》れを起こす前に除いておくが賢明《けんめい》じゃぞ」

「そ……ッ、そこまで言うことないじゃない！」

六喰のような可憐《かれん》な少女から発されたとは思えない、あまりに口汚《くちぎたな》い罵《のの》りに、遥子はたまらず叫《さけ》びを上げていた。

「そりゃあ、隠《かく》し子なんて絶対許せないけど、たっくんのことを知りもしないあなたにそんな風に言われる筋合いはないわよ！　それに、子供たちは関係ないでしょ！　二人とも、私には勿体《もったい》ないくらいのいい子で――」

と、そこで遥子は気づいた。

遥子の言葉を聞く六喰の表情が、柔《やわ》らかな笑《え》みになっていることに。

「六喰ちゃん、あなた……」

「むん――」

遥子が名を呼ぶと、六喰はゆっくりとうなずいてきた。

「遥子が怒《おこ》るのは、悲しむのは、伴侶《はんりょ》を、子を愛しているからに他《ほか》ならぬ。――確かに遥子の言うことが本当であれば、由々しきことじゃ。別離《べつり》という結果も避《さ》け得ぬやもしれぬ」

じゃが、と六喰が続ける。

「壊《こわ》すは容易《たやす》く、元通りにするは難《かた》いもの。こと、家族というものはな。如何《いか》な結果になるとしても、後悔《こうかい》することのなきよう、穏《おだ》やかな心で見定めることを勧《すす》めるのじゃ。――むくのようになっては、ならぬ」

「…………」

六喰の言葉に、そしてその悲しそうな笑みに、遥子は言葉を失った。

——恐《おそ》らく六喰にも過去、何かがあったのだろう。そう思わせるに十分な説得力を、その表情は有していた。

頭に上っていた血が、急激に冷めるような感覚。……嗚呼《ああ》、思えば六喰の忠言は、士道や琴里がしてくれたものと同じものだった。なぜ自分はあのとき、彼らの言葉に耳を貸すことができなかったのだろう。後悔と恥《は》ずかしさが肺腑《はいふ》を満たす。

冷水を浴びせられてようやくクールダウンすることができた。遥子は額に手を当てながら頭を振《ふ》ると、大きなため息を吐《つ》いたのち顔を上げた。

「……ありがとう。ようやく頭が冷えたわ」

「礼を言われるほどのことはしておらぬ。……むくもかつて、辛《つら》いときに手を差し伸べられたことがある。その人と同じことをしただけじゃ」

言って、六喰がほんのりと頰《ほお》を染める。遥子は軽く目を細めながら問うた。

「ふうん……その人って、男の子？」

「！　なぜわかるのじゃ？」

「あはは、なんとなく、ね。——いい男じゃない。そういう子は逃《に》がしちゃ駄目《だめ》よ？　他の女の子に取られないようにね」

「むん……そういうものか」

六喰があごをさすりながらふうむと唸《うな》る。その様が妙《みょう》に可愛《かわい》らしくて、遥子は思わず頬を緩《ゆる》めた。

「とにかく、本当に助かったわ。……とりあえず、話し合ってみることにする」

「むん」

遥子の言葉に、六喰は嬉《うれ》しそうに微笑《ほほえ》んだ。

「──こっちは駄目です。そっちはどうでした?」

「こっちもだ。見当たらないや」

真那が頭を振りながら言うと、竜雄もまた似たような動作をしながら返してきた。

今二人がいるのは、東天宮の住宅街の一角である。一旦《いったん》五河家に寄って荷物を置いた真那と竜雄は、失踪《しっそう》した遥子を捜《さが》して、家の近くを走り回っていたのだ。

士道と琴里もまた遥子を捜してくれているが、どうやらそちらも進展はないようである。

着信履歴《りれき》のないスマートフォンの画面を一瞥《いちべつ》してから、真那ははあと息を吐《は》いた。

「本当に、どこに行きやがったんでしょう。そう行く当てがあるとも思えねーのですが……」

「うん……早く見つけて誤解を解かないと……」

と、真那と竜雄が困り顔をしながら腕組みした、そのときである。

真那の後方から、プップー、と間の抜けたクラクションの音が響《ひび》いてきたのは。

「え？」

その音に呼ばれるように後方を見やると、そこに、原付に乗った一人の女性の姿があることがわかる。くたくたのジャージに裾《すそ》のほつれた上着。微《かす》かに塗装《とそう》の剝《は》げたヘルメットと厳《いか》ついゴーグルが妙に似合っていた。

「へーい、マナティ。こんなところでどったん？」

「二亜《にあ》さん！」

真那は女性の姿を認めると、目を見開きながらその名を呼んだ。そう。彼女こそは、市内に住む漫画家《まんがか》にして精霊《せいれい》・本条《ほんじょう》二亜その人だったのである。

「……ん？　ていうかそちらのナイスミドルはどちらさん？　ふむふむ……人畜無害《じんちくむがい》眼鏡／誘《さそ》い受けと見せかけて、実は鬼畜《きちく》眼鏡／無邪気《むじゃき》攻《ぜ》めとみた。恐ろしい子」

「言葉の意味はよくわからねーですが、碌でもねーことを言ってるということだけはなんとなくわかりました」

真那は半眼を作りながら息を吐くと、改めて紹介《しょうかい》するように言葉を続けた。

「こちらは兄様と琴里さんのお父上です。アスガルド・エレクトロニクスの研究員で、〈フラクシナス〉の製造にも関《かか》わっているそうです。ついでに、やや複雑な事情になりますが、真那の昔の先輩《せんぱい》でもありやがります」

「どうも、五河竜雄です」

「ほえー、少年と妹ちゃんの？　――って、〈フラクシナス〉作った人なの？　そりゃすごい。でもあれ、あの艦《かん》のＡＩ、なんかあたしにだけ妙に当たり強いんだけど、あれバグじゃないですかね。サービス期間内だったらメンテお願いしたいんですけど」

「そ、そうなのかい？　報告は上がってきてないけど……」

竜雄が困惑《こんわく》した様子で頬をかく。真那は力なく苦笑《くしよう》しながら続けた。

「――先輩、こちら精霊の二亜さんです」

「えっ、精霊？」

真那の言葉に、竜雄が二亜を改めて見つめる。その視線を感じ取った二亜が「うっふん」とわざとらしくしなを作ってみせた。真那はそれに対するようにため息を吐く。

「はい。しかし発言の七割は適当なので、あまり真面目《まじめ》に取り合わないようにしやがってください」

「ヒュウ、いつもながらクールだにゃあマナティ」

言って、二亜がカラカラと笑ってくる。別に真那もそこまで気にしているわけではないのだが、竜雄はどうも人の話を真正面から捉《とら》えすぎるきらいがあるため、注意しておかねばならなかったのだ。

「ふーむ、五河竜雄……少年と妹ちゃんのお父さんねぇ……」

と、二亜が何かを考えるようにあごを撫でる。真那は不思議そうに首を捻《ひね》った。

「何か？」

「いや、どんなあだ名がいいかなーって。ほら、みんなあたしのあだ名付け楽しみにしてるとこあるじゃん？」

「別にしてねーですが……」

マナティ、などという水棲《すいせい》生物のようなあだ名を付けられた真那が渋《しぶ》い顔をするも、二亜は気にしていないようだった。何かを思いついたようにポンと手を打つ。

「うん、まあここはわかりやすくいこう。『パパ』で」

「……それだけは止《や》めやがってください。なんだか先の展開が読めちまいます」

真那はため息を吐きながら首を横に振った。竜雄が困ったように苦笑する。

「え、何その変わった拒絶《きょぜつ》の仕方。何かあったのん？」

二亜が目をぱちくりさせてくる。真那はちらと竜雄と目を合わせてから、「実は……」

と事情を簡単に説明した。

「ふむふむ、なるほどなるほど……定番の勘違《かんちが》いネタですなぁ」

二亜は腕組みしながらうんうんとうなずくと、ニッと唇《くちびる》の端《はし》を上げてみせた。

「でもそういう事情なら、二人は超《ちょう》ラッキーだねぇ」

「え？」

真那と竜雄が目を丸くすると、二亜は指を一本立て、チッチッ、と横に振った。

「あたしが誰《だれ》だか忘れちゃった？　超絶《ちょうぜつ》無敵の全知の天使〈囁告篇帙《ラジエル》〉を持つ、スーパービューティースピリットガール・二亜ちゃんだぜー？」

「あ――」

二亜の言葉に、真那は短く声を発した。

言われてみればその通りである。彼女の持つ書の天使〈囁告篇帙《ラジエル》〉は、別名全知の天使。この世にある事象全《すべ》てを『識《し》る』ことのできる、反則級の権能を有する天使だ。遥子の居場所を調べるくらい造作もあるまい。

「そうか……確かにその通りです」

「んっふっふー、そゆこと。居場所はもちろん、何をしてるかも全部わかるぜー？　さすがに心の中までは見通せないけど、所作や言動で怒ってるかどうかはだいたいわかるっしよ。落ち着いてるタイミング見計らって突撃《とつげき》すればいいって寸法よ」

「なるほど……効率的です。〈囁告篇帙《ラジエル》〉は時崎狂三《ときさきくるみ》の天使なイメージがあったので気づきませんでした」

「だっ、誰が下位互換《ごかん》じゃー！」

真那が言うと、二亜がたまらずといった様子で叫びを上げた。ＤＥＭとの最終決戦の際にいろいろあり、狂三もまた〈囁告篇帙《ラジエル》〉を有していたのだが、どうやら二亜も少し気にしているらしかった。

「んもー、そんなこと言うと調べてあげないぞー！」

「ああ、すみませんすみません。お願いします」

「しょうがないにゃあ……」

二亜は唇を尖《とが》らせながらもそう言うと、パチンと指を鳴らしてみせた。

するとそれに合わせるように、光の粒子《りゅうし》が集まっていき、一冊の本を形作る。

「おお……っ⁉」

その光景を見て、竜雄が驚《おどろ》きの声を上げる。まあ、無理もないだろう。データの上で知ってはいても、天使顕現《けんげん》の瞬間《しゅんかん》を生で見るのは初めてに違いない。

そんなリアクションに機嫌《きげん》を直したのか、二亜がニッと微笑みながらページに指を触《ふ》れさせた。

そして意識を集中させるように目を閉じ、紙面をなぞるように指を滑《すべ》らせていく。

「ふむ……住宅街からは出てないっぽいね。ん？　誰か隣《となり》にいる。これは……ムックちん？」

「六喰さん、ですか？」

予想外の名前に、真那は目を見開いた。星宮六喰。二亜と同じく、士道に霊力を封印《ふういん》された精霊だ。遥子が一人でいるときに出会ったということだろうか？

が、二亜は答えず、目を閉じたまま眉《まゆ》をピクリと揺《ゆ》らした。

「ていうか、うわ、機嫌めっちゃ悪そう。ついさっきまで落ち着いてたっぽいけど、なんか今すんごい怒《おこ》ってる？　背景に炎《ほのお》が見えるようなレベル。むっちゃ手ぇわなわなさせてる。視線の先……何かを見てる……？　浮気《うわき》現場？　隠《かく》し子だけじゃなく浮気相手まで現れた？　って、これは――」

そこで、二亜が何かに気づいたようにパッと目を見開き、右方を向いた。それにつられるように、真那と竜雄もまた、そちらに目をやる。

「――あ」

そして、気づく。いつの間に現れたのか、そこに、憤怒《ふんぬ》の表情を浮《う》かべる遥子の姿があることに。

その視線は明らかに、何かを勘違いしているように見えた。

「よ、よ、よ――」

「は、はるちゃん！」

「よりにもよってそんな女とぉぉぉぉぉぉッ！」

竜雄の声も聞かず、遥子はぶわっと涙《なみだ》を流しながら駆《か》け出した。


住宅街の道を走りながら、遥子は途方《とほう》もない後悔《こうかい》を覚えていた。

六喰の説得により、とりあえず竜雄の言い分だけでも聞いてみようと思い直して家への道を歩いていると、偶然《ぐうぜん》竜雄と遭遇《そうぐう》してしまったのである。

しかも、件《くだん》の隠し子（仮）とは別に、もう一人女を侍《はべ》らせているときたものだ。やたらと親しげで気安い様子。遥子の女の勘《かん》が告げた。――彼女が、隠し子（仮）の母親に違いないと。

「うわぁぁぁぁぁぁん！　たっくんのバカぁぁぁぁぁぁっ！」

涙をボロボロ零《こぼ》しながら街路を駆ける。

まったく覚悟《かくご》をしていなかったといえば嘘《うそ》になるが、突然《とつぜん》現場に遭遇するとは思わなかった。しかも、しかも、まさか相手があんなタイプの女だとは。クタクタのクソダサジャージに、締切《しめきり》明けの漫画家のようなくたびれた顔。遥子とはまったく系統の違う女だった。

頭の中で感情がぐちゃぐちゃになる。同じ味ばかり食べていると、たまには変わった味を試《ため》したくなるのが男の性《さが》なのだろうか。それとももともとああいうマニア受けなのが好みだったのだろうか。嗚呼《ああ》、嗚呼《ああ》、くそ、それならそうと言ってくれれば、徹夜《てつや》明けの顔でクソダサジャージくらい着てあげたのに――

――と。

次の瞬間、遥子のそんな思考は、けたたましいクラクションによって寸断された。

そして、理解する。自分の置かれた状況《じようきよう》を。

そう。勢いのまま道を駆け、十字路を横切ろうとした瞬間、左方から猛《もう》スピードで走ってくる車の姿が見えたのである。

「危ない！」

「遥子！」

「あ――」

半ば無意識のうちに、喉《のど》から短い声が漏《も》れる。

突然のことに身体《からだ》が硬直《こうちょく》して動かない。が、それに反して意識だけは、やたら冷静に状況を把握《はあく》していた。

まるで、時間が数百倍に引き延ばされるかのような感覚。これが走馬灯《そうまとう》というやつだろうか。頭の中に、様々な光景が現れては消えていく。

「――――」

遥子はそこで気づいた。次々と現れるその光景が、士道や琴里、そして竜雄の顔ばかりであることに。

――何のことはない。あんなことがあったばかりだというのに、やはり自分は、あの人を愛していたのだ――

「はるちゃぁぁぁぁぁぁんッ!」

が、そのとき。そんな叫《さけ》びとともに、遥子は強く抱《だ》き留《と》められる感触《かんしょく》を覚えた。

何者かなど、考えるまでもない。――竜雄だ。後方から走ってきた竜雄が、遥子をかばうように飛び付いてきたのである。

だが――遅《おそ》い。車は既《すで》に目前まで迫《せま》っている。このタイミングでは、避《よ》けきることはできないだろう。仮に遥子が助かったとしても、竜雄が犠牲《ぎせい》になってしまう。

圧縮された意識の中、そこで遥子は、とある可能性に思い至ってしまった。

それこそが、竜雄の狙《ねら》いなのではないか――と。

「駄目《だめ》、たっく――」

が、遥子が竜雄の名を呼ぼうとした瞬間――

世界が、静止した。

「え……?」

身体中を包む違和感《いわかん》に、思わず遥子は目をしばたたかせた。まるで遥子と竜雄、そして迫り来る車が、目に見えない巨大《きょだい》な手によって抱き留められたかのような感覚。

遥子と竜雄の身体が、空中を滑るように浮遊《ふゆう》し、車を避ける。そして車が道を通り抜けたのち、優《やさ》しく地面に落とされた。

「今のは――」

「いてて……無事かい、はるちゃん……」

遥子が呆然《ぼうぜん》と目を丸くしていると、遥子の下敷《したじ》きになっていた竜雄が呻《うめ》くような声を発してきた。

「あ……うん。って……」

と、そこで遥子は気づいた。遥子をかばうように抱き締《し》めた竜雄の手が、見事に遥子の胸元《むなもと》を押さえていることに。

「……こんなときまで、相変わらずよねぇ、たっくん」

「あ……ごめん、そういうつもりじゃ……」

竜雄が慌《あわ》てたように手を離《はな》す。遥子は小さくため息を吐《つ》きながら苦笑《くしよう》した。

「いいわよ。わかってる。……ありがと。助かったわ」

遥子はそう言うと、辺りの様子をキョロキョロと見回した。

「……にしても、何があったの、一体。もしかしてたっくん、ピンチに陥《おちい》って超能力《ちようのうりよく》とか目覚めた？」

「いや、僕じゃないよ。たぶんあれは──随意領域《テリトリー》じゃないかな」

竜雄がずれた眼鏡の位置を直しながら言ってくる。随意領域《テリトリー》。それは、魔術師《ウィザード》が顕現装置《リアライザ》を以《もっ》て展開する結界のようなものだ。確かにそれであれば、今のような現象を起こすことも可能だろう。

「でも、随意領域《テリトリー》なんて、一体誰《だれ》が──」

「──まったく、相変わらずそそっかしいですね、遥子。あまり竜雄先輩《せんぱい》を困らせちゃいけねーですよ」

と。

遥子の問いに答えるようなタイミングで、上方からそんな声がかけられた。

見やるとそこに、一人の少女の姿があることがわかる。竜雄の隠し子（仮）だ。

「え――」

遥子は、思わず息を詰《つ》まらせた。

その立ち姿が、その相貌《そうぼう》が、そしてその特徴《とくちょう》的な口調が。

記憶《きおく》の中にあるとある少女と、驚くほど合致《がっち》したのである。

無論、そんなことがあるはずはない。彼女は三〇年も前に行方《ゆくえ》不明になったはずである
し、遥子と同い年のはずなのだ。

けれど、そんな道理とか常識とかを全《すべ》て無視してしまえるくらいには、今目の前に立っ
た少女の姿は『彼女すぎた』。半ば呆然とその顔を見上げながら、震《ふる》える声を漏らす。

「真、那……？」

遥子の言葉に。

「――ええ、お久しぶりですね、遥子」

崇宮真那は、あのときと変わらぬ笑顔《えがお》でそう答えた。

◇

「何よもう！　そういうことだったの!?　たっくんのバカ！　それならそうと早く言って

くれればよかったじゃない！」

「うん、まあ、言おうとはしたんだけどね……」

「はは……まあ、誤解が解けたならよかったよ」

五河家のリビングで遥子と竜雄の会話を聞きながら、士道は力なく苦笑した。

士道や琴里が遥子を捜《さが》し回っている間に一悶着《ひともんちゃく》あったらしいが、どうやら丸く収まったようだ。士道と琴里はどちらからともなく視線を交じらせると、同時に安堵《あんど》の息を吐《は》いた。

「にしても、まさか真那がＤＥＭにさらわれて魔術師《ウィザード》になってたとはね……大丈夫《だいじょうぶ》だったの？」

遥子が心配そうに言うと、向かいのソファに腰《こし》かけていた真那が、大仰《おおぎょう》に肩《かた》をすくめてみせた。

「ええ、まあ。いろいろ身体をいじくられはしてたみたいですが、それも治りましたし。何よりあの鼻持ちならねー社長をぶっ倒《たお》せたので、だいぶ溜飲《りゅういん》は下がりました」

「ふふ……そういうさっぱりしたところは昔と変わらないわね。なんだかホッとしちゃうわ」

笑いながら、遥子が目尻《めじり》を拭《ぬぐ》う。

とはいえその気持ちもわからないではなかった。二度と会えないと思っていた親友と、まさかの再会を果たすことができたのである。先の戦いの折、真士としての記憶が甦《よみがえ》った士道としても、感慨《かんがい》深い光景であった。

と、そこで遥子が何かを思い出したように「そうだ」と手を打ち、真那の隣《となり》にいた六喰と二亜に視線を向ける。なんでも、六喰は遥子と、二亜は竜雄と、偶然遭遇《ぐうぜんそうぐう》を果たしていたらしい。

「精霊《せいれい》ちゃんたちには、改めて挨拶《あいさつ》しないとね。——五河遥子です。しーくんことちゃんがいつもお世話になってます」

「むん。そんなことはない。むしろむくたちが世話になっているのじゃ」

「そーそー。お気になさらず。っていうかそれより五河ママ。さっき『よりにもよってそんな女とぉぉぉぉぉぉぉッ！』とか言ってなかった？　そんな女ってどんな女？　あたしのことじゃないよね？　ねえ、ないよね？」

六喰が笑顔で返し、二亜がにこやかに首を傾《かし》げる。それを受けてか、遥子が頬《ほお》に汗《あせ》を垂らしながら視線を逸《そ》らした。

「そ、それにしても、あのときのたっくんは格好良かったなぁ！　私のピンチに颯爽《さっそう》と現れて助けてくれたのよう！　しーくんことちゃんにもあの勇姿を見せたかったなー！」

遥子が大仰な身振《みぶ》りをしながら興奮した調子で言う。竜雄が照れくさそうに頭をかいた。

「あはは……結局僕一人じゃ無理で、真那ちゃんに助けられちゃったけどね」

「そんなの問題じゃないわ。助けてくれたっていうのが大事なのよ。……でも、あんまり無茶しないでね？　たっくんにもしものことがあったら、私、どうしていいかわからないわ」

「はるちゃん……」

「たっくん……」

などと、二人が目をキラキラさせながら見つめ合う。どうやら、窮地《きゅうち》を乗り越《こ》えてより絆《きずな》が深まったらしい。新婚《しんこん》カップルのようなその様に、士道は思わず苦笑した。

「なんか、ついさっきまで喧嘩《けんか》してたとは思えないな」

「まあ、おとーさんが浮気《うわき》なんてするはずないもんねー」

琴里が肩をすくめながらそう言う。士道も「まったくだ」というように同じ動作をした。

と――そこで。

「――おや」

不意にリビングの扉《とびら》が開いたかと思うと、そんな声が聞こえてきた。

隣のマンションに住む精霊が遊びにでもきたのかと思ったが――違《ちが》う。そこにいたのは、色素の薄《うす》い髪《かみ》を一つに結《ゆ》わえた少女であった。

マリア。空中艦《かん》〈フラクシナス〉のＡＩが、顕現装置《リアライザ》と天使の権能によって実体を得た姿である。

「ああ、マリア。いらっしゃい」

「はい。珍《めずら》しい方々がきていますね、士道」

マリアはリビングにいた遥子と竜雄の姿を興味深そうに見ると、静かな歩調でそちらに歩いていった。

そして竜雄の前に立つと、たおやかな笑みを浮《う》かべながら口を開いた。

「お会いしたかったです。——父さん」

「んな……ッ⁉」

マリアの言葉に、今の今までにこやかだった遥子の表情が凍《こお》り付く。竜雄が、意味がわからないといった様子でポカンと口を開ける。

……いや、確かにマリアは〈フラクシナス〉のＡＩであるし、遥子と竜雄は生みの親と言えないこともなかったのだが——

「もうちょっとタイミングを選べマリアぁぁぁッ！」

士道は悲鳴じみた声を上げると、またも涙《なみだ》を滲《にじ》ませて走り出そうとする遥子の手をどうにか摑《つか》んだ。

精霊キャンピング

CampingSPIRIT

DATE A LIVE ENCORE 10

人が旅に出る理由は様々だろう。

自らの見聞を広めるために未知の地へ赴《おもむ》く者もいれば、新たな出会いを求めて旅立つ者もいる。単に観光のための小旅行という場合もあるだろうし、学校のカリキュラムに組み込まれた修学旅行や遠足だって立派な旅である。

もちろん、何かから身を隠《かく》すために故郷を捨てる者もいるだろうし、許されざる愛の果ての逃避行《とうひこう》ということもあるだろう。

あるいは——

「——だぁぁありぃぃぃぃん！　琴里《ことり》さぁぁぁぁぁん！　たたた大変なことに気づいちゃいましたぁぁぁあっ！　……えっ？　ＤＥＭ？　いやそういうのじゃなくてですね。私今月卒業なのに、いろんな騒動《そうどう》で卒業旅行に行けてないんですよぉぉっ！　わぁぁぁん！　こんなのあんまりですぅぅぅ！　このままじゃ私、フラストレーションが溜《た》まってどうなっちゃうかわかりませんんんん！　は、はぐぅ……に、逃《に》げてくださいだーりん、琴里さん……！　なんだか急に、お二人が美味《おい》しそうに見えて……がおぉぉぉぉぉっ！」

……突然《とつぜん》家にやってきた人気アイドルがこのようなことを口走って襲《おそ》いかかってきたため、旅行を計画せざるを得なくなるという可能性も、ないとは言い切れない。

かくして、精霊だらけの卒業旅行は開催《かいさい》される運びとなったのである。

◇

「ん――――」

きらきらと降り注ぐ木漏《こも》れ日《び》の下、ぱしゃぱしゃという水の音を聞きながら、五河士道《いつかしどう》は大きく伸《の》びをした。

辺りを見渡《みわた》すと、まばらに生えた木々や、ほどよく整備された広場が見て取れる。緩《ゆる》やかに流れる澄《す》んだ川。時折聞こえる虫や鳥の声。まったく手つかずの自然というわけではないが、都会の人間が浴びるのには、むしろこれくらいが適度なレベルなのだろう。

シーズンオフだからか、〈ラタトスク〉が手を回したからか、それともそもそもあまり人気がないのかはわからなかったが、士道たち以外に人の姿は見受けられない。開放的な空気を全身で感じるように、士道はもう一度身体《からだ》を反らした。

「たまにはいいもんだな、こういうのも」

「ね。きっかけはちょっとアレだったけど、まあ羽を伸ばすのも悪くないわ」

士道が言うと、隣にいた妹の琴里が、二つに括《くく》った髪の先を揺《ゆ》らしながらうなずいてきた。涼《すず》しげなTシャツにキュロットスカートというラフな出《い》で立ちで、口にお気に入りのチュッパチャプスをくわえている。

そう。士道たちは今、自宅から車でおよそ二時間ほど離《はな》れた場所にある、川沿いのキャンプ場へとやってきていたのである。

当然のことながら、士道と琴里が旅行をするというのに、精霊たちがついてこないはずはない。川の方を見やると、思い思いの水着に着替《きが》えた十香《とおか》や四糸乃《よしの》たちが、水遊びに興じているのが見て取れた。

今は三月。季節の上では春とはいえ、普《ふ》通《つう》に考えればまだ川に入るには少々早すぎるだろう。

が、なんとも不思議なことに、この旅行が決まった瞬間《しゅんかん》から、ぐんぐんと気温が上がり始め、今はもう初夏のような陽気になっていたのである。

まるで、世界を統《す》べる神様が「ほう、キャンプか」と気を利《き》かせてくれたかのような、都合の良すぎる異常気象。一瞬〈ラタトスク〉の関与《かんよ》を疑った士道だったが、どうやら琴里は何も知らないらしかった。不思議なこともあるものである。

「おーい！　シドー！　琴里！　来ないのか？」

「冷たくて気持ちいいですよ」

言って十香たちが、こちらに向けて元気よく手を振《ふ》ってくる。士道は「おう、すぐ行く」と手を振り返すと、他の面々を確認《かくにん》するように視線を巡《めぐ》らせた。

十香、四糸乃と一緒《いっしょ》に遊ぶ折紙《おりがみ》、七罪《なつみ》、六喰《むくろ》に、川辺で平たい石を探し、どちらが多く水切りをできるか勝負している耶倶矢《かぐや》と夕弦《ゆづる》。川縁《かわべり》には、そんな皆《みな》を眺《なが》めながら楽しげに微笑《ほほえ》む狂三《くるみ》や、早くも缶《かん》ビールを開けている二亜《にあ》の姿が見受けられた。

「……っと、そういえば肝心《かんじん》の美九《みく》は――」

「――きゃぁぁぁぁぁっ！」

と、士道が言いかけたところで、川の方からそんな悲鳴が聞こえてきた。

考えるまでもない。美九だ。皆と同じく水着に身を包んだ美九が、皆を見ながら目をキラッキラと輝《かがや》かせていたのである。

「澄み切った清流に遊ぶ清らかなエンジェルたち……っ！　ああ、ああ、ここはホントに現世ですか⁉　私気づかぬ間にトラックとかに轢《ひ》かれて天国に来ちゃいました⁉　コフー、コフー……もう我慢《がまん》できませんー！　美九まっしぐら！」

などと叫《さけ》びながら、美九が川にダイブする。そしてばっしゃばっしゃと飛沫《しぶき》を上げながら、川で遊んでいた十香たちに迫《せま》っていった。

「なっ！　なんだこのスピードは！」

「むん……人の動きとは思えぬのじゃ……！」

「ギャ――――――ッ!?」

精霊《せいれい》たちが、蜘蛛《くも》の子を散らすように逃げていく。そんな中、逃げ遅《おく》れた七罪が美九に捕《つか》まっていた。その様はどこか、水を飲みに来ていたところをワニに襲われた哀《あわ》れな子鹿《こじか》を想起させた。

そんな光景を見て、琴里がふうと息を吐《は》く。

「よかった。だいぶ落ち着いたみたいね」

「そうだな」

士道もまた、小さくうなずきながらそう答えた。

が、数秒のあと、「……ん？」と首を捻《ひね》る。微《かす》かな違和感《いわかん》。なんだか感覚が麻痺《まひ》しているような気がしてならなかった。

まあ、とはいえ楽しんでくれていること自体は間違《まちが》いないようである。士道は改めて皆の姿を視界に収めると、細く長く吐息《といき》した。

「卒業旅行……か。早いもんだな。もうそんな時期なのか」

「あら、どうしたのよ、急にしんみりしちゃって。別に自分が卒業するわけでもないのに」

士道が感慨《かんがい》深げに言うと、琴里が少し意外そうに、それでいてどこかからかうように視線を向けてきた。

「そうなんだけどさ。なんていうか……この一年、いろいろあったなって。こうしてみんなでキャンプに来られるなんて、夢みたいだ」

「ふふ……まあ、そうかもね」

今度は琴里も茶化すことなく、目を細めながら小さく肩《かた》をすくめてくる。

だがそれも当然ではあった。何しろつい先月、士道たちは何の誇張《こちょう》でもなく命を賭《と》した大勝負をしたばかりだったのだ。

辛《から》くも勝利を収めはしたものの、今この平穏《へいおん》は、決して少なくない犠牲《ぎせい》と損失の上に築かれたものに他《ほか》ならない。そのことを思うと、この何てことのない時間が、とても得がたいもののように思えるのだった。

そんな士道の思考は、琴里にも伝わっていたらしい。琴里はふっと頬《ほお》を緩めると、その場に立ち上がった。

「——なら、しっかり思い出作っておこうじゃない」

そしてそう言って、おもむろにTシャツを脱《ぬ》ぎ始める。

「！　おい、琴里──」

「何焦《あせ》ってるの。ちゃんと下に水着着てるわよ」

士道が反射的に視線を逸《そ》らそうとすると、琴里はいたずらっぽく笑いながらそう言って、手を伸ばしてきた。

「ほら、士道も。行きましょ」

「……おう」

服の下に水着を着ているのは知っていたはずなのに、なぜか視線を逸らしてしまったことに若干《じゃっかん》の気恥《きは》ずかしさを覚えながらも、士道はその手を取って立ち上がり、皆のいる川へと向かっていった。


それからどれくらい遊んだだろうか。美九を宥《なだ》めて七罪を引き離したのち、皆で水遊びをし（まあ、先ほどと似たような鬼《おに》ごっこになってしまったが）、八舞《やまい》姉妹《しまい》に合流して水切りをし（力の十香と技《わざ》の折紙が凄《すさ》まじい接戦を繰《く》り広げていた）、狂三と二亜を引き込んで魚釣《つ》りに興じた（ちなみにこの時点で二亜は酔《よ》っており、魚が食いついてもうつらうつらと船を漕《こ》いでいた）。

川縁の荷物置き場に戻《もど》り、スマートフォンで時刻を確認した士道は、腰《こし》に手を当てながら、くっと身体を起こした。

「さて……そろそろ食事の準備をしないとな」

「おお、夕餉《ゆうげ》か⁉　今日は何にするのだ⁉」

食事、という言葉を聞きつけてか、十香が目をキラキラと輝かせながら問うてくる。士道は、乗ってきた車の方を指さしながら答えた。

「せっかくキャンプに来たんだし、バーベキューといこうじゃないか。炭やコンロも積んできたしな。それに、さっき釣った魚も塩焼きにしよう」

「なんと！　釣りたてを食べられるのか！」

十香が一層目を輝かせ、ずいと身を乗り出してくる。するとその背に覆《おお》い被《かぶ》さるような格好で抱《だ》きつきながら、美九が不満そうに唇《くちびる》を尖《とが》らせてきた。

「えぇー、まだいいじゃないですかぁ。もっと遊びましょうよーだーりーん」

「そうしたいのは山々だけど、いつもの台所じゃないんだから、そろそろ準備を始めないと間に合わないって。夕飯抜《ぬ》きは嫌《いや》だろ？」

「それはそうですけどぉ……」

言いながら、美九が駄々《だだ》をこねるように十香のうなじにぐりぐりと顔をこすりつける。

十香がくすぐったそうに身じろぎをした。

「それに、まだテントの設営も済んでないだろ？　暗くなる前にそっちも終えないとな」

士道が言うと、それに同意を示すように、川から上がってきた琴里がうなずいてきた。

「そうね。テントの設営は初めての子が多いでしょうし、早めに準備を始めた方がいいわね。最近のは簡単っていうけど、あくまで昔に比べればの話だし」

「私は慣れている」

「……ああ、うん、折紙はそうかもね」

ぐっと親指を立てながら言う折紙に、琴里が苦笑《くしょう》する。折紙は元陸自ＡＳＴ所属の魔術師《ウィザード》である。そういった訓練を受けていてもおかしくはなかった。

とはいえ、人数が人数だ。全員が眠《ねむ》れるだけの数のテントを設営するのは大変だろう。

そう判断して、士道は首を前に倒《たお》した。

「じゃあ、食事の準備は俺がやっておくから、みんなはテントの方を頼《たの》むよ」

「え？　でも一人じゃあ……」

琴里が眉根《まゆね》を寄せながら言ってくる。士道は笑ってひらひらと手を振った。

「大丈夫《だいじょうぶ》だって。コンロの組み立てなら慣れてるし、着火用のバーナーもあるしな」

「うーん……まあ、それはそうかもしれないけど……」

と、琴里が腕組《うでぐ》みしながら唸《うな》っていると、そこで美九が何かを思いついたようにハッと顔を上げた。

「そうですかー！　じゃあごはんの準備はだーりんにお任せして、私たちはテントを用意しましょう！　ね！　ほらほら皆さんもー！」

そしてどこか芝居《しばい》がかった調子でそう言って、皆の手を引いていく。琴里たちは「あ、ちょっと……」と戸惑《とまど》っていた様子だったが、やがてその勢いに負けたように、大人しく広場の方に歩いていった。

「……？　どうしたんだ、美九のやつ」

一人川辺に残された士道は、突然《とつぜん》の美九の態度の変化に首を捻った。先ほどまであんなに不満げだったというのに、一体どんな心境の変化があったというのだろうか。

とはいえ、考えていても始まらない。士道はバーベキューコンロの設営をするため、車の方へと歩いていった。

「んっふっふー……この辺りまでくれば大丈夫ですかねー」

十香や琴里の手を引き、精霊たちを引き連れて広場へとやってきた美九は、士道の姿が見えなくなった辺りでそんな笑みを浮《う》かべてみせた。

そんな美九に、精霊たちが訝《いぶか》しげな顔を向ける。

「大丈夫って……何が？」

「テントを張るんですよね……？　なら車から持ってこないと……」

七罪や四糸乃が首を傾《かし》げながら言うと、美九はさらに笑みを濃《こ》くしながら指を一本ピンと立てた。

「実は、皆《みな》さんに提案があるんですけどぉ……」

『……？』

精霊たちが顔を見合わせる。そんな皆を眺《なが》めるようにしながら、美九はその『提案』を口にしてきた。

◇

そして、それからしばらくのあと——

「——いただきます」

『いただきます！』

士道の号令に応《こた》えるように、バーベキューコンロの周りに集まった精霊たちが、一斉《いっせい》に手を合わせた。

「よし、じゃあどんどん焼くぞ。炭火は焼けるのが早くて焦《こ》げやすいから注意してな」

トングを手にした士道は、食べやすい大きさに切った肉や野菜、下ごしらえを済ませた魚などを、次々と網《あみ》の上に載《の》せていった。じゅうという音とともに煙《けむり》が立ち上り、香《こう》ばしい匂《にお》いが辺りに立ちこめる。

「おお……いい匂いがするぞ！」

「はは、だろ？　炭火はこれがいいんだよな」

十香が目を輝かせながら、鼻をひくひくと動かす。そのコミカルな様子に、士道は思わず頬を緩《ゆる》めた。

想定より少々時間を食ってしまったが、途中《とちゆう》から十香や夕弦、狂三や四糸乃の手伝いもあって、食事の準備はつつがなく終わっていた。

時刻は一九時。時間的にはまだまだ宵《よい》の口であるが、辺りは既《すで》に深夜のように暗くなっている。先ほど士道が熾《おこ》した焚《た》き火と、高出力のランタンがなければ、近くに立った互《たが》いの顔すらもわかるまい。

けれど、そんな頼《たよ》りなげな状況《じようきよう》さえも、今の士道たちにとっては非日常を彩《いろど》るスパイスの一つであった。壁《かべ》も床《ゆか》も天井《てんじよう》もない食卓《しよくたく》。折りたたみ式の簡素な椅子《いす》。辺りに煙《けぶ》る炭の香《かお》り。そんな要素がない交ぜになって、この場所を、いつもとは少し異なる世界のように感じさせていた。

ほどなくして、網の上の食材が焼き上がる。士道が「よし、その辺はいけるだろ」と言うと、待ってましたと言わんばかりに、精霊《せいれい》たちの割《わ》り箸《ばし》が舞《ま》った。

「んん！　美味《うま》いぞシドー！」

「ほう、成程《なるほど》……これが地獄《じごく》の業火の威力《いりょく》というわけか。気に入った。褒《ほ》めて遣《つか》わす」

「驚嘆《きょうたん》。確かに美味《おい》しいです。もしかしたら、このロケーションも関係しているのかもしれませんが」

精霊たちが肉や野菜に舌鼓《したつづみ》を打つ。士道はふっと笑いながら、追加の食材を並べていった。

「確かに、外で食べると不思議と美味しく感じるよな」

「ふむん。皆と一緒《いっしょ》だから、というのもあるのではないかの」

「ああ、それもあるかもな」

六喰がもむもむと野菜を食べてから言ってくる。士道はこくりとうなずいてそれに返した。

「……ん？」

と、そこで、士道は小さく眉を揺《ゆ》らした。皆がご飯を食べる中、先ほどからまったく箸が進んでいない精霊が二人、いたのである。

一人は、缶《かん》ビール片手にこっくりこっくりと頭を前後させる二亜。

もう一人は、やたらぐったりとした調子で折りたたみ椅子に身体《からだ》を預ける七罪であった。ついでに、何だか妙《みょう》に服や肌《はだ》も汚《よご》れている気がする。

二亜の方はまあ別にいいのだが、七罪の様子はどうも気にかかった。一歩そちらに近づいて顔を覗《のぞ》き込む。

「七罪？　どうかしたか？」

「……え？　あ、いや……ちょっと疲《つか》れただけ……」

士道が声をかけると、七罪がビクッと肩《かた》を震《ふる》わせて顔を上げてきた。

「ああ……まあ川遊びのあとに慣れないテント設営だもんな。お疲れさん」

「……いや、テントならまだ……」

「え？」

七罪の発した小さな声に、士道は首を傾げた。すると七罪が、ハッとした様子で口ごもる。

「――士道」

が、そこで背後からそんな声が聞こえてきて、士道はそちらを向いた。するとそこに折紙が立っていることがわかる。

「ここにある食材も焼いてしまっていいの？」

「ん？　ああ、もちろん」

士道はそう答えると、コンロの方に戻っていった。

その際、折紙と七罪が何やらアイ・コンタクトを交《か》わしたような気がしたが……まあ気のせいだろう。

「ほら、夜はまだまだこれからだ。焼き鳥に焼きおにぎり、鉄板も用意してあるから、焼きそばだってできるぞ？」

「な……！　そんなものまであるというのか⁉」

「あらあら、これは食べ過ぎに注意しませんと」

「むにゃ……焼き鳥……⁉　二亜ちゃん焼き鳥だぁーいすきぃ……」

士道の言葉に、精霊たちが色めき立つ。椅子の上で船を漕《こ》いでいた二亜までもが、ビールの缶を掲《かか》げながら顔を上げた。

そんな様子に苦笑しながら、網に次なる食材を並べていく。先ほどとはまた違《ちが》った美味しそうな匂いが辺りに漂《ただよ》い、既に食事を摂《と》っていたはずの精霊たちの胃をきゅうと刺激《しげき》した。

そうして、卒業旅行キャンプ一日目の夜は、更《ふ》けていったのである。

皆のお腹《なか》が満たされるまでバーベキューを楽しんだあとは、簡単なキャンプファイヤーをしたり、たき火を囲んで何くれとない話に花を咲《さ》かせたり、空を仰《あお》いで星を眺めたりと、野外でしかできない夜を過ごした。

深い夜闇《よやみ》は人に根源的な恐怖《きょうふ》を覚えさせるが、そこに一つの明かりが灯《とも》ると、不思議な連帯感を生むことがある。別にそれを狙《ねら》って卒業旅行をキャンプにしたわけではなかったのだけれど、暗い闇の中で流れる穏《おだ》やかな時間に浸《ひた》りながら、士道は旅行先にここを選んでよかったと改めて思うのだった。

「——ふぁあ……」

と、どれくらいそうしていた頃《ころ》だろうか。不意に六喰が、小さなあくびを漏《も》らした。

「はは、今日は動きっぱなしだったからな。さすがに疲れたろ」

「むん……そんなことはないのじゃ。むくはまだまだ現役《げんえき》なのじゃ」

言いながらも、六喰は眠そうに目を擦《こす》っていた。

ポケットからスマートフォンを取り出して画面を覗き見ると、既に時刻は二二時を回っていた。普段《ふだん》から早寝《はやね》早起きの六喰が眠気《ねむけ》を覚えるのも当然だろう。士道は軽く伸《の》びをし

ながら、椅子から立ち上がった。

「じゃあ、そろそろ寝るか。俺もちょっと眠くなってきたし。──テントは広場の方に設営してくれたんだよな？」

──と。

『…………！』

士道がそう言った瞬間《しゅんかん》、精霊たちの間にピリッと緊張《きんちょう》が走るのがわかった。一瞬前まで眠そうにしていた六喰さえもが、急に目が覚めたような顔をしている。

「え？　俺、何か変なこと言ったか？」

突然の空気の変化に士道が戸惑《とまど》っていると、精霊たちは一斉に椅子から立ち上がり、何やら二人一組を作るように分かれ始めた。

「な、なんだ……？」

何が何だかわからず、訝しげに眉根《まゆね》を寄せる。すると美九が一歩進み出、笑《え》みを浮かべながら声を発してきた。

「──うふふ。だーりんが晩ご飯の支度《したく》をしてくれている間に、私たち、ちょっとしたゲームをしてたんですよぉ」

「ゲーム？」

士道が問うと、美九は「はいー」とあとを続けてきた。

「今ここにいる全員が一つのテントに寝るっていうのも、スペース的に無理があるじゃないですかぁ。そこで、あみだくじで二人一組を作って、それぞれ『私の考えた最強の寝場所』を作ることにしたんですよぉ」

「へぇ……」

まさか士道が食事の準備をしている間にそんなことをしていたとは。士道は目を丸くしながらあごを撫《な》でた。

とはいえ、全員が一つのテントに入れるわけではない以上、複数の寝床《ねどこ》が必要になるのは当然だ。ならばチームを作って競《きそ》い合うというのも面白《おもしろ》い試みかもしれなかった。

「というわけでぇ、それぞれのチームが作った寝場所を順番に紹介《しょうかい》していくので、だーりんには一番いいと思ったものを選んで欲しいんですよぉ」

「ああ、なるほど。それくらいなら――」

美九の言葉に、士道はうなずきかけた。

が――

「それで、今夜だーりんは、一番に選んだ場所で、そのチームの人たちと一緒に眠ってもらうということでぇ」

「…………は？」

次いで発された言葉に、しばしの間身体の動きを停止させた。

「……ええと、今なんて？」

「ですからー、一番いいなぁと思った場所にお泊《と》まりしていただこうかなって」

美九がパチリとウインクをしながら言ってくる。どうやら聞き間違いではなかったらしい。士道は汗《あせ》を垂らしながら首を横に振《ふ》った。

「いやいやいやいや！　おかしいだろ!?　普通《ふつう》複数テントを張ったら、一箇所《いっかしょ》男用にしないか!?」

「えぇー、それじゃつまらな……私たちの細腕《ほそうで》では、人数分の寝場所を用意するのが精一杯《せいいっぱい》だったんですよぉ。ううっ」

「いや途中まで本音出かかってたなおい!?　とにかく、駄目《だめ》だって。さすがにそれじゃ選べな――」

と、士道はそこで言葉を止めた。

理由は単純。焚き火を囲んだ精霊たちが「せっかく頑張《がんば》ったのに、見てくれないの……？」というような目で、じーっと士道を見てきていたのである。

「う……」

そんな目で見られると困ってしまう。士道は数秒の間思い悩《なや》んだあと、大きなため息を吐《つ》いた。

「……とりあえず、見るだけな」

『……！』

士道が言うと、精霊たちはパァッと顔を輝《かがや》かせ——次の瞬間、その目に闘争《とうそう》の炎《ほのお》を灯らせた。


「ええと……最初は十香と夕弦のチームか」

「うむ！」

「首肯《しゅこう》。よろしくお願いします、士道」

士道が言うと、十香と夕弦が大仰《おおぎょう》にうなずき、士道を案内するように広場の方へと歩いていった。そのあとについて、暗い夜道を進んでいく。

十香と夕弦はほどなくして足を止めると、ランタンに明かりを灯した。途端《とたん》、闇に包まれていた広場が明るくなり、そこに設営されていたテントの全貌《ぜんぼう》が明らかになる。

「おお——」

その様を見て、士道は思わず目を見開いた。

ピンと張られたロープに、しっかりと打ち込まれた杭《くい》。色鮮《あざ》やかな黄色のテントが、初心者が張ったとは思えないくらい見事に設営されていたのである。

「へえ、すごいじゃないか。しっかり張れてる。俺より上手《うま》いくらいだ」

士道が素直《すなお》に賞賛すると、夕弦がふふんと得意げに鼻を鳴らした。

「当然。耶倶矢とのサバイバル対決を制した夕弦にとっては、これくらい造作もないことです。十香も作業手順を覚えるのが早くて助かりました」

「うむ！　まさかこんなに早く寝床ができてしまうとはな。テントとはすごいものだ！だが、それだけではないぞ？　中も見てみるといい！」

十香がドンと胸を叩《たた》きながら言ってくる。士道は小さく首を傾《かし》げると、膝《ひざ》を突《つ》いてテントの中に入っていった。

「お、これは……」

と、入ってすぐに気づく。どうやらテントの下にしっかりと断熱シートを敷《し》いているらしい。日中は暖かかったとはいえ、夜の気温は下がるかもしれない。細やかな気遣《きづか》いが嬉《うれ》しかった。

「なるほど、中までしっかりしてるな。これは高評価だ」

「……？　何を言っているのだ？　寝袋《ねぶくろ》の枕元《まくらもと》を見てみてくれ」

「え？」

　どうやら、十香が見て欲しいポイントは別にあったらしい。言われた通り、寝袋の枕元に目をやる。そこには、何やら布のかけられた不自然な膨《ふく》らみがあった。

　訝《いぶか》しげに眉根を寄せながら、布を取り払《はら》う。するとその中から、スナックやチョコレートなど、大量のお菓子《かし》が現れた。

「こ、これは……」

「うむ！　夜食だ！」

　士道が言うと、十香がえっへんと腕組《うでぐ》みしながら高らかに答えてきた。

「……ふふ、どうだシドー。私たちのテントを選べば、夜中お腹が空《す》いても大丈夫《だいじょうぶ》だぞ？」

　十香が、声をひそめるようにして、少し悪い顔をしながら囁《ささや》きかけてくる。どうやら十香としては、反則に近いことをしている認識《にんしき》らしい。その表情には、高揚《こうよう》と微《かす》かな罪悪感、そしてその悪いことに士道を誘《さそ》う密《ひそ》かな快感らしきものが見て取れた。

「はは……なるほど。それはいいな」

　士道は頬《ほお》に汗を垂らしながら苦笑《くしょう》した。まあ、バーベキューでお腹を満たしたばかりだったため、正直そんなにすぐ空腹になるとは思えなかったのだが。

「——制止。まさか、これだけで終わりとは思っていませんね？」

が、まだ終わりではなかったらしい。士道がテントを出ようとしたところで、夕弦が士道の行く手を阻《はば》むように立ち塞《ふさ》がってきた。

「え？」

「指摘《してき》。ここはテント。あくまでも寝場所です。ならば、もっとも大事なのは寝《ね》心地《ごこち》だとは思いませんか？」

「まあ、そうかもしれないけど……」

士道が答えると、夕弦と十香は目配せをし合ったのち、テントの外へと出た。そして何やらごそごそと衣擦《きぬず》れのような音をさせてから、再びテントの中に入ってくる。

——その身に、耳付きフードの付いたモコモコの部屋着を纏《まと》って。

「な……っ!?」

一体いつの間に用意したのだろうか、なんとも可愛《かわい》らしいパステルカラーの部屋着である。別に露出度《ろしゅつど》が高いわけではないのだが、袖《そで》からちらと覗《のぞ》く指先や、裾《すそ》から覗く太腿《ふともも》が、妙《みょう》に士道の心拍《しんぱく》を上昇《じょうしょう》させた。

「どうだシドー！　モコモコだぞ！」

「誘惑《ゆうわく》。夕弦と十香の間に挟《はさ》まれて眠りに就《つ》いたならば、いい夢が見られること間違《まちが》いありません」

「いや、間って——」

二人に気圧《けお》され後ずさったところで、士道はぴくりと眉を揺《ゆ》らした。——今さらながら、テントの中に暖かそうな寝袋が三つ並べられていることに気づいたのである。

「う……」

できるだけ考えないようにしていたのだが、もしもこのテントを選んだなら、士道はここで一夜を過ごすことになるのである。寝袋越《ご》しとはいえ、あの十香、夕弦とこんなにも密着した状態で——

「…………」

なんだか自然と顔が熱くなってしまう。士道は、頭の中に生じてしまった妄想《もうそう》を振り払うように首を振りながら、テントを出ていった。


「——さ、じゃあ次は私たちのチームね」

「むん。では主様《ぬしさま》、こちらじゃ」

次いでそう言ったのは、琴里と六喰であった。自信満々といった様子で広場を横切るように歩き、やがて足を止める。

そして琴里がスマートフォンを操作したかと思うと、次の瞬間《しゅんかん》、周囲に設置されていたライトが、カッ、カッ！　と辺りを目映《まばゆ》く照らした。

「うお……っ⁉」

ランタンとは比べものにならない明るさに、思わず目を細める。が、本当に驚《おどろ》くべきはそこではなかった。――その光の中に、十香たちのそれの五倍はあろうかという巨大《きょだい》なテントが聳《そび》えていたのである。

「な、なんだこりゃあ……」

その圧倒《あっとう》的な偉容《いよう》に、ポカンと口を開けてしまう。

白いシートでゆったりと描《えが》かれたシルエットは、遊牧民のゲルか、さもなくばサーカスのテントを思い起こさせた。入り口も広く、まだ足を踏《ふ》み入れていないというのに中の様子が窺《うかが》い知れる。大きなベッドが三つ放射状に並べられ、その中央に小さなストーブまで用意されていた。まるで高級ホテルの一室といった風情《ふぜい》である。所謂《いわゆる》グランピングと呼ばれるキャンプの際に使われるものに近かった。

士道が呆然《ぼうぜん》としていると、琴里がふっと微笑《ほほえ》みながら髪《かみ》をかき上げた。

「どう？　コンセプトは『バリ島の夕べ』。優雅《ゆうが》な夜を過ごせるよう、エキゾチックな雰《ふん》囲気《いき》を演出してみたわ」

「むん。それにな、見てくれ主様」

六喰が少し興奮した様子で、士道の手を引いてくる。未《いま》だ呆気《あっけ》に取られた状態の士道は、されるがままにテントの中に足を踏み入れた。

「では、頼《たの》むのじゃ、妹御《いもうとご》」

「オーケー」

六喰の声に応じ、琴里がまたもスマートフォンを操作する。

するとどこからともなく、うぃーん、という電動音が響《ひび》き、テントの天井《てんじょう》の一部が開いていった。きらきらと輝く星々が姿を見せる。

「どうじゃ？　星を眺《なが》めながら眠《ねむ》りにつけるのじゃ。妹御に頼み込んでつけてもらった」

「あ、ああ……すごいな……」

士道が呆然と呟《つぶや》くと、琴里が勝利を確信したようにニッと唇《くちびる》を笑みの形にした。

「でしょう？　この機構を組み込むのは苦労したんだから」

「ん……ところでなんだけど……」

「？　なに？」

「このテント、本当に二人だけで立てたのか？」

「…………、アタリマエジャナイ」

士道が問うと、琴里はわざとらしく視線を逸《そ》らしながらそう答えた。明らかにカタコトだった。

「……本当か、六喰？」

「む……ほ、本当じゃぞ。決して、妹御が〈ラタトスク〉の応援《おうえん》を呼んだりなどは……」

「──！　六喰！」

琴里が泡《あわ》を食った様子で六喰の口を塞ぐ。……やはりというか当然というか、応援を頼んだらしい。

さすがにこれを十香と夕弦のテントと同基準で評価するのは悪いなあと思いはしたものの、別に人の手を借りてはいけないというルールはないはずだった。士道はううむと思い悩《なや》みながら、次のテントへと向かった。

「ええと、次は……」

「うふふ、わたくしたちの番ですわね」

「よろしくお願いします……！」

『きっと士道くんもメロメロになっちゃうよー？』

琴里と六喰のテントを出た士道を待ち構えていたのは、狂三、四糸乃、そしてその左手に装着されたウサギのパペット『よしのん』だった。これまた珍《めずら》しい組み合わせである。

「こちらですわ」

そういって案内されたのは、広場と林の境目くらいに位置する場所であった。既《すで》にランタンが灯《とも》されており、辺りが明るく照らされている。

ゆったりと張られたタープの下にテーブルと椅子《いす》が置かれ、なんとも優雅な空間が演出されていた。テーブルの上には簡素ながらもティーセットが、それぞれの椅子の上には猫《ねこ》とウサギのクッションがあしらわれている。

「お、これまた素敵な……って、これ、どこで寝《ね》ればいいんだ？」

士道は辺りを見渡《みわた》しながら首を傾げた。そう。確かに素敵な空間ではあるのだが、見受けられるのは椅子とテーブルのみで、テントや寝袋が見当たらなかったのである。

「ああ、それなら――」

士道の疑問に答えるように、狂三がランタンを手に取り、タープの横を照らしてみせる。

するとそこに生えた木々の合間に、何やら黒い布のようなものが二つ、括《くく》り付けられていることがわかった。

「これは……ハンモック？」

そう。それは紛《まぎ》れもなくハンモックであった。しかも、昼寝に使うような網状《あみじょう》のものではなく、寝袋のようにしっかりと全身を覆《おお》うタイプである。

「ええ、ええ。一見頼《たよ》りなげに見えますけれど、地面から離《はな》れている分、テントよりも暖かく眠れますのよ」

「試《ため》しに横になってみましたけど、すごく快適でした」

『ねー。これにはよしのんもぐっすり』

「へえ……」

士道は感心するように言うと、袋状になったハンモックを開けてみた。なるほど、存外生地《きじ》がしっかりしており、想像よりもずっと寝心地がよさそうだった。

「こういうのも面白《おもしろ》いな。まさにキャンプでしか味わえないって感じだし。でも……」

「……？　どうかしましたか？」

士道の言葉に、四糸乃が目をぱちくりさせる。士道はぽりぽりと頬をかきながら続けた。

「いや、ハンモック、二つしかないなあと思って。もし俺がここを選んでも一緒《いっしょ》には眠れないんじゃ……」

「──うふふ」

と、そう言いかけたところで士道は言葉を止めた。狂三が微笑みながら、士道の肩《かた》にぴとりと手を置いてきたのである。

「わたくしたちも不慣れなもので、二つしか設営することができませんでしたの。ですから、士道さんがここを選んでくださった場合は、わたくしか四糸乃さんのハンモックで同衾《どうきん》していただくことになるかと……」

「……は、はぁっ!?」

士道は思わず声を裏返らせた。が、狂三はそれに構うことなく、四糸乃を呼ぶように囁いてみせた。

「さ、四糸乃さんもご一緒に」

「は、はい……！」

四糸乃は少し緊張《きんちょう》した面持ちで、狂三と反対側の肩に手を置くと――

『――ふうっ』

と、二人同時に、士道の耳に息を吹《ふ》きかけてきた。

「……ッ!?」

士道は突然《とつぜん》のことに目を白黒させると、転がるような格好で次の場所へと向かった。

「——ふっ、ようやく来たか士道。待ち詫《わ》びたぞ」

「ここで遂《つい》に真打ち登場ですよー！」

次に士道を出迎《でむか》えたのは、耶倶矢と美九のコンビだった。何やら二人でフィギュアスケートペアのようなポーズを取りながら、不敵に微笑んでみせる。

「……？　何かありましたか、だーりん？」

と、両耳を押さえながら顔を赤くした士道の様子に気づいてか、美九が不思議そうな顔をしてくる。士道は慌《あわ》てて首を横に振《ふ》った。

「……！　い、いや、なんでもないよ。それより、二人のテントはどこだ？　何も見当たらないけど……」

士道が言うと、耶倶矢と美九はふっと頰《ほお》を緩《ゆる》め、ハッ！　と別のポーズを取ってみせた。

「うふふー、ではお願いします、耶倶矢さん！」

「応とも！」

美九の要請《ようせい》を受け、耶倶矢がその場でくるくるとターンする。

そしてそのまま新たなポーズを取ると、手を天に掲《かか》げながらパチンと指を鳴らしてみせた。

「闇《やみ》より来たれ！　キャンピィイイイイ――――ンッ！」

瞬間、耶俱矢の後方にカッと光が輝《かがや》いたかと思うと、低く唸《うな》るような音とともに、巨大な何かが近づいてきた。というかそれは――

「き、キャンピングカー⁉」

そう。トラックのようなシルエットを持った大きな車が、その場に現れたのである。

キャンピングカー。読んで字の如《ごと》く、キャンプ用の車である。耶俱矢と美九は士道のリアクションに満足げにうなずくと、車内を紹介《しょうかい》するように恭《うやうや》しく扉《とびら》を開けてみせた。

「お、おお……」

コンテナのような車内には、テーブルや簡易ベッド、果てはテレビや冷蔵庫までもが備え付けられていた。当然といえば当然ではあるが、寝床《ねどこ》としては申し分ない。

「くく、どうだ？　この完璧《かんぺき》な住環境《じゅうかんきょう》。我らのチームを選びたくなってきただろう？」

「ほぉら、今なら特別に、運転席の上のベッドを使わせてあげちゃいますよぉー？」

「な……そこってベッドになってたのか――って、こんなのアリか⁉　これってテント張る勝負じゃなかったのかよ⁉」

士道がたまらず声を上げると、二人は悪びれた様子もなく肩をすくめてみせた。

「いえー、別にテントじゃなきゃいけないとは言ってませんよー？」

「そうであるぞ。それに、キャンピングカー……？　何を言っているのかわからぬな。これは我と美九が血の盟約により魔界《まかい》から召喚《しょうかん》せし魔獣《まじゅう》なれば」

「いや明らかに無理があるだろその設定！　ていうかさっき見たけど、運転席に座ってたの美九のマネージャーの人だったじゃねえか⁉」

士道が叫《さけ》ぶも、耶倶矢と美九はとぼけるように肩をすくめるのみだった。

なるほど、こんな隠《かく》し球があるからこそ、美九はこの勝負を提案したのかもしれない。

実際のところ、少々ずるいと思いながらも、凄《すさ》まじい誘惑《ゆうわく》が士道を襲《おそ》っていた。……男の子は、幾《いく》つになってもこういうガジェットやギミックに弱いものなのである。

「まったく……」

こんなものまで出てきてしまったのなら、もうこれ以上驚《おどろ》くこともないだろう。士道は乾《かわ》いた笑《え》みを浮《う》かべながら、最後のチームのもとへと向かった。

……が、その予想は、わずか数分で打ち砕《くだ》かれることとなった。

「…………ええと、折紙、七罪。これは？」

最後のチーム、折紙・七罪ペアの設営した『寝床』を目にした士道は、思わず肺を絞《しぼ》るようにして声を発した。

　しかしそれも当然ではあった。何しろ士道の目の前には、テントでも車でもなく、『家』が建っていたのだから。

　家。そう、家である。他《ほか》に表現のしようがなかった。元からその場に生えていた木を柱に用いながらも、しっかりとした造りの壁《かべ》と屋根が設《しつら》えられている。普通《ふつう》に考えれば、たかだか二、三時間の猶予《ゆうよ》で作り上げられるようなものではない。まさかの佇《たたず》まいに、士道は一瞬《いっしゅん》、七罪の〈贋造魔女《ハニエル》〉の関与《かんよ》を疑ってしまった。

　だが、違《ちが》う。辺りの木々や蔓《つる》から切り出されたと思《おぼ》しき建材が、土を焼いた質感の壁が、超常《ちょうじょう》の介在《かいざい》を暗に否定していた。何より、その佇まいからは、二人の匠《たくみ》の情念がありありと感じられたのである。

　そんな士道の戦慄《せんりつ》を察したのだろう。折紙と七罪が、こくりとうなずいてくる。

「頑張《がんば》った」

「…………死ぬかと思った」

「頑張りすぎだよ！」

　二人の言葉に、士道は思わず悲鳴じみた叫びを上げた。

「いや、何をどうすればこんなのができるんだよ!?　開拓者《かいたく》か！　一夜の寝床とかいうレベルじゃないぞこれ⁉　何がそこまでおまえらを駆《か》り立てたんだよ⁉」

混乱の中士道が叫ぶと、折紙がポッと頬を赤らめ、七罪が乾いた笑みを浮かべた。

「士道と一緒に眠《ねむ》れるかと思って」

「……私は、まあ、なりゆきで……」

「おまえらの才能を活《い》かす場所がもっと他にあるはずだよ！」

士道は身を仰《の》け反《ぞ》らせながら、夜空に悲鳴を響《ひび》かせた。


……五組一〇名の設営したテント（テントとはいっていない）を審査《しんさ》し終えた士道は、精霊《せいれい》たちとともに、広場の中央へと戻《もど》っていった。

心なしか喉《のど》がガラガラする気がするが……まあ仕方あるまい。おもに後半、だいぶ絶叫《ぜっきょう》してしまった気がする。

「――さ、これで全部見てもらったかしら」

琴里が、腕組《うでぐ》みしながらそう言ってくる。その口調は普段《ふだん》通り落ち着いたものであったけれど、口にくわえたチュッパチャプスの棒は、少しせわしなく上下に揺《ゆ》れていた。

「あ、ああ……」

士道が頬に汗《あせ》を垂らしながら答えると、精霊たちが自信ありげにふふんと笑みを浮かべ、あるいは緊張するような表情を作った。

「くく、ならば選ぶがよい。士道が最も泊《と》まりたいと思った寝床をな！」

「うふふ、もちろん、わたくしと四糸乃さんのハンモックを選んでくださいますわよね？」

「……シドー、今ならお菓子《かし》だけでなくジュースも飲み放題だぞ……？」

などと、各々《おのおの》差こそあれど、皆《みな》一様に、士道の審査結果を待つように視線を向けてくる。

士道はごくりと息を呑《の》むと、悩《なや》むように唇《くちびる》を引き結んだ。

——と、そのときである。

「——ちょーっと待ったぁぁぁあっ！　誰《だれ》か一人、お忘れじゃあないかにゃあ!?」

皆の緊張を裂《さ》くように、どこからともなくそんな声が響き渡《わた》ったのは。

「な……っ、この声は!?」

「一体どこから……!?」

「——！　見てください、あそこです！」

言って、四糸乃が士道の後方を指さす。皆の視線が一斉《いっせい》にそちらに向いた。

そこには——

「………何やってるんだ、二亜？」

広場のど真ん中で、一人寝袋《ねぶくろ》にくるまった二亜が、芋虫《いもむし》のように転がっていた。

「いやー……なんか知らない間にみんなでテント作ってて、あたしだけ寝床がなくってさー……。ずるいぞー！　仲間外れはんたーい！　具体的にはあたしもどこかに入れてくれませんかね……」

言って、二亜が「よっこいしょ」と起き上がる。が、両手も寝袋の中に収納しているものだから上手《うま》くバランスが取れなかったのだろう。すぐにまたごろんと地面に転がってしまった。

そんな様子に、琴里が大きなため息を吐《つ》く。

「……チーム分けするときに声かけたけど、あなた酔《よ》って寝てたじゃない」

「えっ、そうなの？　あっはっは……全然気づかなかった」

二亜が誤魔化《ごまか》すように笑い、再度身を起こそうとする。が、やはり姿勢を保つのが難しかったらしい。再び地面に横になり、そのままコロコロコロ……と闇の中に消えていってしまった。

「うわぁぁぁぁぁ！　誰か止ぉぉめぇぇえてぇぇぇぇぇ——————」

しばしのあと、「ぐえっ」という声が響いたのち、何も聞こえなくなる。士道は苦笑《くしょう》しながら皆に視線を向けた。

「……ええと、誰かのところに寝かせてあげてくれるか？」

士道の言葉に、皆は仕方ない、というようにうなずいてきた。

「まあ、それはそれとして、士道。審査結果を聞かせてちょうだい」

「あ、ああ、そうだったな」

士道は気を取り直すように咳払《せきばら》いをすると、改めて居並ぶ皆を見渡《みわた》し、再び考えを巡《めぐ》らせた。

最初は皆のテントを見るだけ見てお茶を濁《にご》そうと思っていた士道だったが、想像よりも遥《はる》かに皆が本気だったものだから、そうも言えなくなってしまった。ここで評定から逃《に》げるのは、皆の努力に対して不誠実に過ぎる気がしたのである。

とはいえ、だからといって好きに選ぶわけにもいかなかった。

まず狂三と四糸乃のハンモックは問答無用でアウトである。同じ寝床で眠るというだけでも問題がありそうなのに、同衾《どうきん》などしようものなら、一体どうしたらいいのかわからない。

同様の理由で、十香・夕弦ペアも難しいだろう。至極《しごく》まっとうな造りのテントには好感を持てたが、あの密閉空間の中、モコモコ部屋着の二人に挟《はさ》まれて眠るというのは、士道の心臓に悪すぎた。

耶倶矢・美九ペアのキャンピングカーや、折紙・七罪ペアの執念《しゅうねん》ハウスは、スペースこそ十分であるものの、一緒《いっしょ》に眠る人員が少々不穏《ふおん》である。耶倶矢、七罪はまだしも、美九、折紙が夜中に何も仕《し》掛《か》けてこないとは思えなかった。

となると、やはり琴里・六喰ペアが無難だろうか。ベッド同士の間隔《かんかく》も十分開いているし、何より琴里は士道の妹、六喰も士道の家族である。同じ場所に寝てもギリギリ問題はないだろう。そう判断して、士道は顔を上げた。

「俺が泊まりたいと思ったのは――」

が、士道が審査結果を告げようとした、その瞬間《しゅんかん》。

「――――ッ⁉」

突然《とつぜん》地鳴りのような音が響いたかと思うと、士道たちの立っていた地面が、激しく揺れ始めた。

「な……っ！」

「じ、地震《じしん》……⁉」

「落ち着いて、みんな！　近くに倒《たお》れてくるようなものはないわ！　姿勢を低くして揺れが収まるのを待って！」

狼狽《うろた》える皆に、琴里が指示を飛ばす。皆それに従い、その場にしゃがみ込んだ。

やがて、辺りを襲っていた地震が収まり、再び夜に静けさが戻る。士道は恐《おそ》る恐るといった調子でその場に立ち上がると、皆をぐるりと見渡した。

「だ、大丈夫《だいじょうぶ》か、みんな」

「え、ええ、なんとか……」

「びっくりしました……」

口々に言いながら、互《たが》いに手を貸し合い、皆がその場に立ち上がる。

と、そこで、夕弦が何かに気づいたようにぴくりと眉《まゆ》を揺らした。

「戦慄。二亜は大丈夫ですか？」

「あ――」

言われて、士道は目を見開いた。そういえば二亜は、寝袋にくるまって地面に転がったままだったのである。もしかしたら今の地震で、川の方に転がっていってしまった可能性があった。

「おーい、二亜ー!?　どこにいる!?　聞こえたら返事してくれー！」

士道は手を口元に添《そ》えながら、呼び掛《か》けるように声を発した。

するとほどなくして、遠くから返事が聞こえてくる。

「――ぅおーい――こっちこっち――たぁすけてぇぇぇ――」

間違いない。二亜の声だ。士道たちは顔を見合わせると、明かりを持って声のする方へと走っていった。

そして――

「…………え？」

そこに辿《たど》り着いた士道は、思わず足を止め、表情を困惑《こんわく》の色に染めた。

だがそれも無理からぬことだろう。事実、士道とともに走ってきた精霊たちも、皆一様に似たような顔をしていた。

何しろそこには、見るも巨大《きょだい》なテントが聳《そび》えていたのだから。

……いや、それをテントと呼称《こしょう》してよいものかどうかは、すぐには判別がつかなかった。

確かに構成要素の半分ほどはテントなのだが、もう半分は、大きな車や家であったのだ。

そう。なんとも信じがたいことに、精霊たちの設営したテントや家、果てはキャンピングカーに至るまでが、全《すべ》て合体してしまっていたのである。ついでに、その屋根から伸《の》びた軒先《のきさき》に、まるで蓑虫《みのむし》の如《ごと》く二亜の寝袋がぶら下がっていた。

「こ、これは……みんなのテント？」

「今の地震でまぜこぜになっちゃったんですか……？」

「いやいや！　あり得ないでしょそんなの!?　ぶつかって壊《こわ》れるっていうならまだしも、こんな都合よくブロックみたいに組み上がるなんて――」

「……でも、実際なってるけど……」

「…………」

七罪の指摘《してき》に、琴里が黙《だま》り込む。

とはいえ、琴里の気持ちもわからないではなかった。普通《ふつう》に考えればあり得るはずがないのだ。こんなバランスで、別々のテント同士が合体してしまうなど。

しかも信じがたいことに、テントの骨組み同士ががっちり組み合わさっており、まるで崩《くず》れる様子がない。加えてその内装は、まるで整えたかのように美しく、寝袋やベッドが横一列に並べられていた。

実物を目にしてなお信じがたい、奇跡《きせき》としか言いようのない現象。まるで世界を自由にすることのできる神様が存在して、「そのテントを選ぶくらいなら皆一緒に寝ろ」とでも言っているかのような出来事であった。

「ふむ……」

と、驚愕《きょうがく》に目を見開く精霊たちの中、十香が小さく唸《うな》るように声を上げると、テントの中にのしのしと入っていった。そしてテントの具合を確かめるように辺りをペタペタと触《さわ》ったのち、「うむ」とうなずいて、真ん中辺りに置かれていた寝袋に潜《もぐ》り込む。

「ちょ……十香、危険よ！　戻って！」

「大丈夫だ。崩れる様子はない。それに、皆のテントが一緒になってしまったのだから、ここに寝るしかあるまい」

「い、いや、だからって……」

琴里が困惑するように眉根を寄せる。が、十香は気にする様子もなく、隣《となり》の寝袋をバンバンと叩《たた》いてみせた。

「さあ、シドーも来るといい！　特等席だぞ！」

「え？　あ、ああ――」

なぜだろうか、十香にそう言われると、不思議と大丈夫な気がしてくる士道だった。言われるままにテントに入っていき、十香の隣に立つ。

するとそれを見てか、他の精霊《せいれい》たちも士道に続いてテントの中に入り込んできた。

「聞き捨てならない。士道は私の隣と相場が決まっている」

「あらあら、テントが一つになってしまった以上、別の方法で決めるのが筋というものでは？」

「いや、だから危険だって――ああもう……！　全員集合！　寝る場所はジャンケンで決めるわよ、ジャンケン！」

「きゃーん！　結果オーライですー！　なんだかよくわからないけど、みんな一緒のテントでお泊《と》まりなんて最高の卒業旅行じゃないですかぁぁっ！　ありがとうございます神様仏様だーりん様ぁぁぁぁっ！」

　などと、にわかにテントの中が騒《さわ》がしくなる。

　ちなみに、テントの外で「……おぉーい、みんなー？　あたしのこと忘れてなーい？」と呟《つぶや》いていた蓑虫が助け出されたのは、皆《みな》がジャンケンを終え、眠《ねむ》る場所が決まったあとのことだった。

◇

　ランタンを消してしまえば、森の夜には月と星の輝《かがや》きくらいしか残らない。

　誰《だれ》がどの場所に眠るかを決めるためにジャンケン大会を催《もよお》しはしたものの、深夜のテント内は、隣に誰がいるかさえもわからない真っ暗闇《くらやみ》だった。

　皆が横になったばかりのときは、美九に襲《おそ》われる七罪の悲鳴や、折紙に吐息《といき》を吹《ふ》きかけられる士道の呻《うめ》き、それに注意をする琴里の怒号《どごう》などが響《ひび》いていたが、皆が寝静《ねしず》まったあとは静かなものである。遠くに聞こえる虫や梟《ふくろう》の声を除けば、時折聞こえる誰かの寝返りの音や、二亜のいびきくらいしか、音らしい音は認められなかった。

——そんな、静寂《せいじゃく》といっても差し支えない闇の中。

「……なあ、シドー。起きているか？」

不意に隣からそんな声が聞こえてきて、士道はぴくりと瞼《まぶた》を動かした。

「……どうした、十香。眠れないのか？」

軽く顔を十香の方向に向けながら、皆を起こさぬようひそめた声で、そう答える。

そう。皆でジャンケンをして眠る場所を決めたのだが、結局十香と士道は、最初に十香が示した通りの場所に寝ることになったのである。

「ふふ……やはり起きていたか。なぜだろうな……そんな気がしたのだ」

言って、十香が小さく笑う。

その言葉に、士道は不思議な感覚を覚えた。何となくだが、士道も十香が起きている気がしていたのである。

瞼を開けても閉じても変わらない景色の中、十香があとを続けてくる。

「今日は——楽しかったな。川遊びは海とは違《ちが》う面白さがあったし、バーベキューの味は最高だった。皆でテントを作ったのもいい思い出になったぞ」

「はは……それは何よりだ。一応美九の卒業旅行って体《てい》だったけど、みんなで来られてよかったな」

「うむ……本当に、楽しかった。また……来られるといいな」

「そりゃあ、また来られるさ。もうＤＥＭの脅威《きょうい》もないんだ。何回だって来たらいい。また、みんなでさ」

「……うむ。そうだな」

「………………？」

士道は小さく首を傾《かし》げた。暗闇のため表情は窺《うかが》い知れなかったが、何やら十香の声から、少し悲しげな色が感じられたような気がしたのである。

「どうかしたか、十香」

「……いや、何でもない。明日のことが楽しみすぎて眠れなかっただけだ。――おやすみだ、シドー」

そう言うと十香は、寝返りを打つような音を残し、それきり何も言わなくなった。

その様子に微《かす》かな疑問を覚えた士道ではあったが――すぐに強烈《きょうれつ》な眠気《ねむけ》が襲ってきて、それ以上問いを発することはできなかった。

精霊ワーウルフ

WerewolfSPIRIT

DATE A LIVE ENCORE 10

『──早朝、村の外れで、村一番の美少女、マリアの遺体が発見されました』

断続的に響く雨音の中、スマートフォンから流れる音声が、静かにそう告げた。

『遺体は激しく損傷しており、この残忍《ざんにん》な行為《こうい》が、人ならざる者の手によるものであることを窺わせます。巨大《きょだい》な爪痕《つめあと》。鋭《するど》い牙《きば》の痕跡《こんせき》。そして辺りに立ちこめる獣臭《けものしゅう》──

それらはこの村に「人狼《じんろう》」が紛《まぎ》れていると察するのに、十分な材料でした』

ごくり、と息を呑《の》む音が、辺りから聞こえてくる。

それは緊張《きんちょう》に乾《かわ》いた喉《のど》を湿《しめ》らせるためのものかもしれなかったし──

唇《くちびる》の端《はし》から流れ落ちそうになる涎《よだれ》を抑《おさ》えるためのものかもしれなかった。

『そう。あなたたちは見つけなければなりません。村人の中に紛れ込んだ人狼を。たとえ判断を誤って仲間の首を括《くく》ることになってしまったとしても。そうしなければ、明日の朝あそこに横たわっているのは、あなたかもしれないのですから──』

スマートフォンから流れる音声がそう言った瞬間《しゅんかん》、空に稲光《いなびかり》が輝き、薄暗《うすぐら》いテントの中に居並んだ少女たちの顔を照らす。

「……っ！」

士道《しどう》は息を詰《つ》まらせた。

なぜだろうか、その光が描《えが》き出した少女たちのシルエットが、一瞬、獰猛《どうもう》な狼《おおかみ》の影《かげ》に見えた気がしたのである。

◇

……と、物騒《ぶっそう》な導入から始まりはしたものの、別に本当に殺人事件が起こったわけではない。

ことの起こりは今朝方。美九《みく》の卒業旅行を兼《か》ねて川辺にキャンプに来ていた士道たちが、ぱらぱらという雨音で目を覚ましたところから始まった。

「あー……結構降ってるな。こりゃ、川下りは難しいかもな」

士道が外の様子を眺《なが》めながら言うと、複雑に組み合わさったテントの中にいた精霊たちが、残念そうに息を吐《は》いた。

「むう……そうか」

「ふ、空の機嫌《きげん》というのは移ろいやすいものであるからな」

などと口々に言いながら、思い思いのリアクションを示す。

そう。巨大なテントの中には、十香《とおか》、折紙《おりがみ》、琴里《ことり》、四糸乃《よしの》、耶倶矢《かぐや》、夕弦《ゆづる》、美九、七罪《なつみ》、二亜《にあ》、六喰《むくろ》、そして狂三《くるみ》と、〈ラタトスク〉の保護下にある精霊全員が勢揃《せいぞろ》いしていたのである。

「まあ、残念ですけど天気ばかりは仕方ありませんねー。でもどうします？　何か雨でもできる遊びってありましたっけ？」

美九が、頰《ほお》に指をぷにっと突《つ》き立てるようにしながら首を傾げる。すると二亜が、何かを思い出したように、自分のリュックを漁《あさ》り始めた。

「ふっふっふ、こんなこともあろうかと、いいものを用意してあるよー」

そしてその中から、カラフルな絵が描かれた箱を数個取り出してみせる。

「これは？」

「ん、いわゆるアナログゲームってやつ。修学旅行のお供といったらこれでしょ。せっかくだからみんなでやってみない？」

「修学旅行って」

士道は苦笑《くしょう》しながら、二亜の並べた箱に視線を落とした。トランプやＵＮＯ、その他にも、見覚えのないゲームが幾《いく》つも揃っている。

「結構種類があるんだな……どれをやるんだ？」

「んー、そうだねぇ」

二亜が吟味《ぎんみ》するような仕草で箱を眺め始める。そしてやがて、ぺろりと唇を舐《な》め、その中の一つを手に取った。

「じゃあこれいってみようか。その名も『人狼』！　結構有名だし、聞いたことある人もいるんじゃない？」

そしてそう言って、狼の絵が描かれた箱を皆に示す。

「人狼……」

確かに、実際にプレイしたことはなかったものの、その名には聞き覚えがあった。士道の他《ほか》にも、折紙や七罪、八舞《やまい》姉妹《しまい》や琴里などは、似たような表情を作っている。

「人狼……ですか？」

「むう、何やら恐《おそ》ろしげな響《ひび》きだな」

四糸乃と十香が、真剣《しんけん》な眼差《まなざ》しでカードを見つめる。その様子に、二亜があっはっは、と軽い調子で笑った。

「別にそんな怖《こわ》いゲームじゃないよ。いわゆる正体隠匿《いんとく》ゲームってやつ。村人の中に紛れた人狼を狩《か》れれば村人陣営《じんえい》の勝ち。村人を減らしていって、人狼と同数以下にまで減らせれば人狼陣営の勝ち。どう？　簡単っしょ？」

二亜が言うと、今度は六喰が不思議そうに首を捻《ひね》った。

「ふむん……じゃが、人狼というからには、村人より強いのじゃろう？　一体どうやって倒《たお》すのじゃ？」

「このゲームは昼と夜のパートに分かれてるんだけど、人狼がビーストモードになれるのは夜だけなのよ。だから毎晩一人ずつ村人が襲《おそ》われちゃうんだけど、昼間は普通《ふつう》の人間と変わらない。だから村人は昼のうちに人狼を判別して、首を括っちゃおうってわけさ」

言って、二亜が「ぐえー」と言いながら自分の首を絞《し》める動作をする。それを見てか、四糸乃が小さく息を詰まらせた。

「怖いゲームです……」

「いやいや、別にホントに括るわけじゃないから」

二亜が苦笑しながら四糸乃を宥《なだ》めると、それを聞いていた琴里が、口にくわえたチュッパチャプスの棒をピコピコ上下させながら腕組《うでぐ》みした。

「なるほど。村人は人狼を狩らなきゃならないけど、誰《だれ》が人狼かはわからない。もしかしたら、間違《まちが》って仲間の村人を括ってしまうかもしれない。でも、殺さなければいつかは人狼に全滅《ぜんめつ》させせられる――か。物騒な題材ではあるけど、面白《おもしろ》そうなゲームじゃない」

「でしょ？　これなら一二人って大人数でも一気に参加できるしさ」

「うふふ、でも、人狼を見つけるのに、勘《かん》と運だけが頼《たよ》りというのは心許《こころもと》ないですわね。ゲームに戦略性を付与《ふよ》する何かがあるのでしょう？」

と、狂三が目を細めながら言う。二亜は「ご名答」と首肯《しゅこう》すると、テントの床《ゆか》にカードを並べていった。

「人狼にはいくつかの役職があってね。それぞれ役割があるんだ。——まずは『村人』」

言って、二亜がデフォルメされた人間の描かれたカードを示す。

「一番枚数が多く、特殊《とくしゅ》能力もない役職だけど、このゲームの主人公とも言えるポジションだ。勇気と知略を武器に、人狼をやっつけるのが使命だね」

次いで、二亜は狼の描かれたカードをその隣《となり》に置いた。

「次に『人狼』。夜になるたび村人を一人襲っていく。昼は他のみんなに疑われないよう、無害な村人を演じなければならない。一二人のゲームだと、人狼は二人かな。この二人が死亡したら、村人側の勝利。村人が人狼と同じ数まで減らされたら、人狼側の勝利」

そして——と、二亜がその隣に新たなカードを置いていく。そこには、水晶玉《すいしょうだま》を手にしたキャラクターや、背後に幽霊《ゆうれい》を侍《はべ》らせたキャラクター、鎧《よろい》を着て剣《けん》を持ったキャラクターなどが描かれていた。

「この三枚が、村人勝利の要《かなめ》となる役職だ。『占《うらな》い師《し》』は、毎晩一人を指名し、その正体が人間か人狼かを知ることができる。もし人狼を見つけることができれば、状況《じょうきょう》は一気に村人有利に進むだろう。

んで、『霊媒師《れいばいし》』は、前の日に括られた人が、人間か人狼かを知ることができる。これも重要な情報だ。人狼を括れていたならラッキー。でも、括ったのが村人だったなら、村人たちは自ら仲間を減らしてしまったことになるってわけさ。

そしてこれが『騎士《きし》』。これは唯一《ゆいいつ》、夜の時間に人狼と張り合える役職だ。毎晩一人を指名し、その人物を守ることができる。騎士に守られた人は、人狼に襲われても死ぬことはない。でも、自分が襲われたら死んじゃうから、正体がバレないよう注意してね」

順に紹介《しょうかい》された役職カードを見ながら、精霊《せいれい》たちがふむふむと唸《うな》る。

と、そこで美九が、指を一本立てながら顔を上げた。

「大体わかりました。でも、これじゃあ逆に人狼側が不利過ぎませんか？」

すると二亜は「んっふっふ」と笑いながら、新たなカードを一枚、床に置いた。月の光の下、狂気《きょうき》に満ちた笑《え》みを浮《う》かべるキャラクターのカードを。

「――『狂人』。このゲームにおけるトリックスターさ。人狼陣営でありながら、占い師や霊媒師が調べても村人と判別される。村人でありながら人狼に与《くみ》する裏切り者だね。人狼のために場を引っ掻《か》き回したり、いざというときに人狼の味方をする伏兵《ふくへい》だよ」

「なるほどー……いやらしい役職ですねぇ。でも自分がやるとなったらちょっと楽しそうです」

美九が頬に汗《あせ》を垂らしながらも唇の端をニッと上げる。二亜は「でしょー？」と笑いながら返すと、手の中に残ったカードを眺め、数秒の思案のあと、さらに二枚のカードを床に置いた。

「せっかく一二人なんて大人数でやるんだし、ちょっと特殊なカードも混ぜてみよっか。まずは──『妖狐《ようこ》』だ」

「妖狐……？　どんな役職なんだ？」

「ん、妖狐は第三勢力とも言うべき存在でね。人狼に襲われても死なない」

「……え、何それ。括るしかないってこと？」

七罪が半眼を作りながら言う。

が、二亜は「ちっちっち」と首を横に振《ふ》った。

「うんにゃ、それだけじゃなく、妖狐は占い師に占われると呪殺《じゆさつ》されちゃうんだ。だから狼に強くても、最後まで生き残るのは結構難しい」

「ふーん……なるほどね」

「でも、村人陣営か人狼陣営の勝利が確定した瞬間、妖狐が生き残っていたら、妖狐の一人勝ちになるんだ。難易度はかなり高いけど、妖狐で勝ったときは快感だぜー？」

二亜はパチリとウインクしながらそう言うと、最後のカードを床に置いた。その──美《お》味《い》しそうなパンを抱《かか》えたキャラクターを。

「んでこれが『パン屋』。毎朝みんなに美味しいパンを焼いてくれる」

「なんと！」

その説明を聞いた瞬間、十香が目を輝《かがや》かせて身を乗り出した。

「それはいい役職だな！」

「でしょー？　普通はあんま使われないローカルカードだけど、とーかちゃんこういうの好きかなーって」

「うむ！　素晴《すば》らしいカードだ！」

十香が満面の笑みでブンブンと首肯する。士道は苦笑してそれを眺めながら、二亜の方に視線を移した。

「それで、そのパンの効力は？」

「ちょう美味しい」

「は？」

「だから、美味しいパンを焼いてくれるの。パン屋にそれ以外の何が必要だというのかね」

「…………」

士道はしばしの間無言になったが、やがて理解する。要は、ゲームを盛り上げるためのお遊びカードなのだろう。強《し》いて言うなら、毎朝焼かれていたパンが焼かれなくなったら、その前日に括《くく》られた者か、夜に襲われた者がパン屋だったということが判別できるくらいの効果はあるかもしれない。

「ま、まあいいや。とりあえずやってみるか」

こういったゲームは習うより慣れろである。説明を重ねるよりも一度遊んでみた方が理解しやすいだろう。そう考えて、士道は顔を上げた。

「ん、そだね。いろいろローカルルールもあるけど、とりあえずあたしが知ってるやつで……っと、そうだそうだ。このゲームには、全員の役職を把握《はあく》してるゲームマスターが必要になるんだよね。あたしがやってもいいんだけど、人数減っちゃうのもアレだし、ここは——」

二亜がポケットからスマートフォンを取り出し、何やら操作をしてから、皆《みな》の見やすい位置にそれを設置する。

その画面には、見覚えのある少女の顔が表示されていた。

「って、マリア？」

『——はい。旅行は楽しめていますか、士道』

士道が言うと、〈フラクシナス〉ＡＩ・マリアは、スマートフォンのスピーカー越《ご》しにそう応《こた》えてきた。

『話は聞かせてもらいました。わたしがゲームマスターを務めさせていただきます。——二亜からの要請《ようせい》というのが若干《じゃっかん》不満ですが、まあわたしのように成熟した人格の持ち主はそれくらいで怒《おこ》ったりはしません。ええ。こういうときだけ頼られる都合のいい女扱《あつか》いにも、怒《いか》りを覚えたりはしませんとも』

「…………」

言葉とは裏腹に、なんだかもの凄《すご》く不満そうである。……何かお土産《みやげ》を買っていこうと思う士道だった。

『——さて。では早速《さっそく》始めましょうか。使用するカードをよくシャッフルして、全員に一枚ずつ配ってください』

「あ、ああ」

士道はマリアの指示に従って、カードをシャッフルし始めた。

が、そこで、その流れを遮《さえぎ》るように、一人の少女が静かに手を挙げる。——折紙だ。

「——待って。一つ、提案がある」

「提案？」

士道が問うと、折紙は小さく首肯してから続けてきた。

「人狼《じんろう》は非常に秀逸《しゅういつ》なゲーム。けれど、それをさらにエキサイティングにするために、O《ダブル》O《オー》式ルールの採用を提案したい」

「……OO式……って、オリリン・オリジナルとかっていう……」

どこかで聞いたことのある響きに、士道は渋面《じゅうめん》を作った。が、折紙は表情を変えぬまま頭を振ってくる。

「オリリン・オールマイティー」

「いやどういう意味だよ！」

士道は悲鳴じみた声を上げた。そう。確か以前やった雪合戦のときも、折紙は似たような提案をしてきたのである。

「OO式の主な要項《ようこう》は二つ。

一つ、『勝利陣営《じんえい》の生き残りは、敗北陣営に何でも一つお願いをすることができる』。

一つ、『立証できないイカサマはイカサマではない』」

「絶対何かする気じゃんよう！」

折紙を相手にそんなルールで勝負をするなど自殺行為《こうい》である。士道は首をブンブンと横に振った。

が、そんな士道に反して、マリアは別段気にした様子もなく『ふむ』と返した。

『いいでしょう。認めます』

「お、おい、本気かよ。そんなの認めたら、何してくるかわからないぞ？」

『少しくらい滅茶苦茶《めちゃくちゃ》な方が見ていて面白《おもしろ》いですし。それに』

「それに？」

『わたしは不利益を被《こうむ》りませんので』

「…………」

……やはり旅行に参加できなかったことを根に持っているらしかった。〈ラタトスク〉の仕事があるから仕方ないという話ではあったのだが。

『とはいえ、そのルールの恩恵《おんけい》を、折紙が得られるとは思えませんが』

「え？」

『ゲームを進めてみればわかります。――さ、カードを皆に』

「あ、ああ……」

士道は言われるままに、皆にカードを一枚ずつ配っていった。

こうして、人狼の潜《ひそ》んだ村に、最初の夜が訪《おとず》れたのである。

◇

「マリアぁぁっ！」

「そんな、マリアさんが……！」

「……いや、村一番の美少女って自分で言う？」

村の外れで遺体が発見された（という設定の）マリアに、村人たちの悲鳴（と突《つ》っ込み）が上がる。

それを受けて、スマートフォンから再度声が響《ひび》いた。

『皆から愛された花のような美少女・マリアの死は、村に深い悲しみをもたらしました。しかし、悲しんでばかりはいられません。あなたたちの中に、人狼が二匹《ひき》も潜んでいるのです。

あなたたちは、怪《あや》しい人物を捜《さが》し、首を括ってしまうことに決めました。

――議論タイムスタートです。皆で話し合って、今日脱落《だつらく》させる人を決めてください』

マリアの声とともに、スマートフォンの画面にカウントダウンが表示される。これがゼロになる前に、議論を終わらせねばならないらしい。

「…………」

士道は、小さく息を吐《は》きながら、改めて手元のカードを確認《かくにん》した。

――その、狐《きつね》のキャラクターが描《えが》かれたカードを。

そう。なんと士道の役職は、難易度が高いと言われている『妖狐』だったのである。

つまり士道は、一度も占《うらな》い師《し》に占われることなく、最後まで生き残らねばならない。なかなかに立ち回りが難しい役職だった。

「我らの中にマリアを殺した狼《おおかみ》が……」

「戦慄《せんりつ》。あまりにも手がかりが少な過ぎます」

耶倶矢と夕弦が、真剣《しんけん》な眼差《まなざ》しで皆を見つめる。勝負事が好きな二人である。どうやらもう世界観に入り込んでいるらしかった。

それを見て、意識を改める。確かに士道は妖狐であるが、今はあくまで無害な村人を演じ、皆と協力して人狼を見つけ出さねばならないのだ。

「そうだな……占い師や霊媒師《れいばいし》が能力を発揮するのは次の夜からみたいだし、初日は当てずっぽうで括る人を決めなきゃいけないってことか？」

言いながら、皆の顔を見る。……が、当然それだけで人狼がわかるはずがなかった。

唯一《ゆいいつ》表情で判別できることがあるとすれば、カードを配られたとき、若干残念そうな顔をしていた十香は、たぶんパン屋ではなかったのだろう、ということくらいである。

と、皆が互《たが》いの出方を窺《うかが》っていると、不意に二亜が元気よく手を挙げた。

「はいはーい！　二亜ちゃんカミングアウトしちゃいまーす！　実はあたし、占い師なんだよねえ。だから間違《まちが》って吊《つ》らないようにねー！」

「え……っ⁉」

突然《とつぜん》の宣言に、士道は目を丸くした。否《いな》、士道だけではない。数名の精霊《せいれい》たちも、驚《おどろ》いたような顔をしている。

それはそうだ。確かに占い師であることを宣言すれば、首を括られることはなくなるだろう。だが、占い師は人狼が一番消したくてたまらない役職でもあるはずなのだ。

「だ、大丈夫《だいじょうぶ》なのか二亜。いきなりそんなこと言って。今夜人狼に襲《おそ》われたら、占いもできなくなるんじゃ――」

「んっふっふ、心配ご無用。だってこの村には、騎士《きし》がいるんだから」

「あ……」

なるほど、確かにその通りである。人狼の襲撃《しゅうげき》を防げる騎士がいれば、占い師が名乗り出ても問題はない。むしろ初日で占い師を殺してしまう事態を防ぐためには、妥当《だとう》な方法のように思われた。

「――というわけでこの中にいる騎士様！　今晩はあたしを守ってね！　あ、まだ正体は明かさなくていいよ！　狙《ねら》われちゃうからね！」

言って、二亜が元気よく手を振《ふ》る。

これで、何も手がかりのなかった村に、僅《わず》かではあるが指針ができた。今日の脱落者は、二亜以外から選ぶのが望ましいだろう――

が。

「……え？」

次の瞬間《しゅんかん》、士道は思わず眉根《まゆね》を寄せた。

それはそうだ。まるで先ほどの二亜のように、今度は六喰が、その手を高く挙げていたのだから。

「むん……これはどういうことじゃ？　むくも、占い師なのじゃが……」

そして、不思議そうな調子でそう言う。

その言葉に、精霊たちが表情を困惑《こんわく》の色に染めた。

――占い師が、二人。

それは即《すなわ》ち、二亜か六喰、どちらかが嘘《うそ》をついているということに他《ほか》ならなかった。

ということは――

「…………」

士道は半ば無意識のうちに、二亜の方に視線を向けていた。

否、正しく言うのなら士道だけではない。別にタイミングを合わせたわけでもないのに、

なぜか精霊全員が二亜の方を向いており、その全員の目が、

(六喰の方が本物っぽい……)

というような色を帯びていたのである。

「……な、何さ、その目はー」

その意図を察したのだろう。二亜がひくひくと頰《ほお》を震《ふる》わせながら返す。

「えっと……」

「別に……」

「いや明らかに疑ってるじゃん！　なんでさ！　あたしとムックちん、条件は同じはずなのにー！」

皆《みな》の反応に、二亜がわざとらしい泣き真似《まね》をする。

……なるほど、良くも悪くも、日頃《ひごろ》の行いがものを言うゲームなのだと理解する士道だった。

まあ、とはいえどれだけ疑わしくとも、決定的な証拠《しょうこ》があるわけではない。間違って占い師を殺してしまう事態は避《さ》けねばならない以上、二亜と六喰以外の誰《だれ》かから脱落者を選ぶ方がいいだろう。

問題は、騎士が今晩どちらを守るかだ。もしも偽者《にせもの》の占い師を守ってしまい、その間に

本物の占い師を殺されてしまっては目も当てられない。なるほど、人狼や狂人《きょうじん》が占い師を騙《かた》るのには、そういった攪乱《かくらん》の意味もあるのかもしれなかった。

と、士道がそんなことを考えていると、スマートフォンからピピピ、というアラーム音が鳴り響いた。

『時間です。今日の脱落者を選んでください』

「えっ、もう⁉」

「全然わかりませんでしたー……」

マリアの宣告に、精霊たちが難しげな顔を作る。

二亜と六喰という自称《じしょう》占い師が二人出はしたものの、他の手がかりはないままだったのである。多少選択肢《せんたくし》が絞《しぼ》れたとはいっても、勘《かん》に頼《たよ》って脱落者を選ばねばならないことに変わりはなかった。

「……いや、でも――」

士道はぽりぽりと頬をかきながら考えを整理した。

確かに怪しい人物はわからない。ただ、初日に指名せねばならない人物には、心当たりがあったのである。

『では、投票に移ります。括《くく》りたい人を指さしてください。せーの――』

マリアの号令に合わせて、皆が一斉《いっせい》に指を突き出す。

「…………っ」

次の瞬間、小さく息を詰《つ》まらせる音が、テントの中に響き渡《わた》った。

とはいえそれも無理からぬことではある。

何しろ、士道、十香、琴里、七罪、四糸乃、六喰、二亜の指が、折紙を指し示していたのだから。

ちなみに折紙と狂三は七罪を、夕弦は耶倶矢を、耶倶矢は夕弦を、美九は琴里をそれぞれ指さしていた。

「――なぜ」

折紙が、意外そうに言ってくる。確かに、今まで折紙は議論の俎上《そじょう》に上がってはいなかった。過半数の票を集めて脱落者に選ばれるのは不自然かもしれない。

とはいえ、理由は明白である。士道は半眼を作りながら頭をかいた。

「……いや、なぜって。あんなルールの提唱者を最後まで勝ち残らせたら怖《こわ》いし……」

士道の言葉に、精霊たちが同意を示すようにうんうんとうなずく。

「あのルール、イカサマをするって宣言してるようなものじゃない」

「……殺せるうちに殺しとくのが得策よね……」

「す、すみません……」

口々に言われ、折紙が無念そうに「くっ」と眉根を寄せた。

「誤算。〈すり替《か》えトビー〉の指技《ゆびわざ》を見せる前に吊られてしまうなんて」

「いやホントに何するつもりだったんだよ……」

士道が頬に汗《あせ》を垂らしながら言うと、折紙は小さく息を吐いて皆の輪から抜《ぬ》けた。

「ルールはルール。私はここで脱落するけれど、皆が人狼《じんろう》を狩《か》り、平和な村を取り戻《もど》せることを願っている」

「折紙さん……」

折紙が少し離《はな》れたところに腰《こし》かけ、観戦モードに入る。どうやらあれが死後の世界ということらしい。

『さて、では再び夜が訪《おとず》れます。皆、目を閉じてください』

マリアの指示に従って、士道たちは固く目を閉じた。

『――朝です。目を開けてください。

残念なお知らせです。村の外れに、無惨《むざん》に引き裂《さ》かれた美九の遺体が発見されました』

「きゃぁぁぁぁぁぁぁ――――ッ⁉」

マリアの宣告に、美九が絹を裂くような悲鳴を上げた。

「わ、私ですかぁ⁉　まだ何もしてないのにぃ……」

そう言って涙目《なみだめ》になりながら、ううっと背を丸める。四糸乃が、労《いたわ》るようにその背を撫《な》でた。

「んー、みっきーがやられたか。ってことはみっきーは人狼じゃなかったってことだ」

「……え、マジで？　てっきり美九が人狼かと思ってた。イメージ的に……」

二亜の言葉に、七罪が意外そうに目を丸くする。

「イメージってなんですかー！　夜な夜な女の子を襲うなんて、そんなこと……そんなこと……」

美九の声がだんだんとトーンダウンしていく。その表情からは「あれ……意外とアリかも……？　っていうかこの中の誰かに夜な夜な襲われたっていうこの状況《じょうきょう》もなかなか……」みたいな心中が見て取れた。

『さあ、美九は死後の世界へどうぞ』

「仕方ありませんねぇ。天国で折紙さんとキャッキャウフフしながら、皆さんの勇姿を見守ることにしますー」

言って、美九が皆の輪から抜ける。ちなみに死後の世界で折紙に抱《だ》きつこうとして、すぐさま制圧されていた。

『ちなみに今朝も、皆に美味《おい》しいパンが届けられました』

「おお、パン屋は無事だったか！」

そんなマリアの言葉に、十香が安堵《あんど》を露《あら》わにする。

士道は思わず苦笑《くしょう》した。その様子から、やはり十香はパン屋ではないらしいことが察せられたのである。

『では、今日首を括る人を選んでください。議論スタートです』

マリアの宣言と同時、先ほどと同じようにスマートフォンに表示された数字がカウントダウンを始める。

するとそれに合わせて、すぐさま自称占《うらな》い師《し》・二亜が高らかに手を挙げた。

「はいはーい！　みんな聞いて聞いて。あたし昨日の晩、少年を占ったんだけど、少年はばっちり人間だったよー！」

「え？　俺を占ったのか？」

「そうそう。これで少年の潔白は証明された！　一緒《いっしょ》に頑張《がんば》って人狼を見つけよーぜ！」

二亜がビッと親指を立ててくる。その勢いにつられて、士道も苦笑しながら「お、おう」

と親指を立てた。

次いで、六喰もまた手を挙げ、言葉を発する。

「むん、むくは七罪を調べたのじゃ。七罪も人間じゃった」

「ふうん……なるほどね。昨日よりは判断材料が出てきたってことかしら」

琴里が、考えを巡《めぐ》らせるようにあごを撫でる。

確かにその通りだ。人狼が見つからなかったのは残念だが、これで昨日よりは容疑者の数が絞れ――

(…………って)

と、そこで士道はぴくりと眉を動かした。今の一連の流れに、明らかにおかしいところがあったのである。

そう。二亜は今確かに、士道を占ったと言った。

だが、占われると呪殺《じゆさつ》されるはずの妖狐《ようこ》・士道は、今もこうして生きている。

これが示す事実は一つであった。

(――やっぱりおまえが偽者かよ二亜ぁぁぁぁッ!)

士道は声にならない叫《さけ》びを、心の中で上げた。

村人陣営《じんえい》に役職を偽《いつわ》るメリットはない。つまり二亜は、占い師を騙った人狼、もしくは狂人ということに他《ほか》ならなかったのである。

図《はか》らずも、皆が知らない情報を手にしてしまった。……が、これは上手《うま》くない。もしも二亜が怪《あや》しいと言おうものなら、士道の正体がばれてしまいかねないのだ。ここは黙《だま》って趨勢《すうせい》を見守るのが得策だろう。

まあ、妖狐の士道としては、勝つのが村人でも人狼でも構わない。最後まで生き残りさえすればいいのである。

ならば、二亜を本物の占い師として扱《あつか》い、人狼陣営の味方をするのもアリだろう。……まあ、そのためには、本物の占い師である六喰を偽者呼ばわりせねばならないため、士道の良心がちくちくと痛むのだが。

「あの……」

と、士道がそんなことを考えていると、不意に四糸乃が声を上げた。

「む？　どうしたのだ、四糸乃」

「はい。私、実は霊媒師《れいばいし》なんですけど……」

「え？」

突然《とつぜん》のカミングアウトに、士道は思わずそちらを向いた。

霊媒師は、前日括られた者——つまりこの場合、折紙の正体を知ることができる役職だ。

占い師と同じく、村人たちに指針を与《あた》えることができる。だがそれだけに、狼《おおかみ》から狙《ねら》われやすい人物でもあった。

そんな霊媒師が自らの正体を明らかにしたということは——

「折紙さんは……人狼でした」

『……！』

四糸乃の言葉に、皆が目を見開く。それはそうだ。あんな場外乱闘《らんとう》とも言うべき理由で脱落《だつらく》した折紙が、まさか人狼だったとは。

村人陣営からしてみれば非常にラッキーな事態である。だがそれは、あまりに「出来すぎている」という認識《にんしき》を得るのに十分な要素でもあった。口にこそ出さないものの、狂三や琴里が、思案を巡らせるように微《かす》かに目を細めている。

とはいえ、占い師のときのように、対抗《たいこう》の霊媒師は名乗りを上げていない。無論、既《すで》に死亡している折紙か美九が霊媒師だったと踏《ふ》んで、四糸乃が賭《か》けに出たという可能性もあったが……確率的にも四糸乃の性格的にも考えづらいだろう。

「……ってなると」

と、そこで、七罪が難しげな顔をしながらボソボソと声を発する。

「……人狼は仲間が誰《だれ》かを知ってるわけだから……一日目、折紙に投票しなかった人の中に、もう一人の人狼がいるってこと？」

『……！』

七罪の推理に、耶倶矢、夕弦、狂三の三人がぴくりと眉を揺《ゆ》らす。

そう。一日目、折紙以外に投票したメンバーだ。厳密に言うと美九も琴里に投票していたのだが、彼女は既に人狼に襲《おそ》われている。

「ちょ、ちょっと待つがよい！　それだけで疑われては敵《かな》わぬわ！」

「不満。その通りです。弁明の機会を求めます」

「ですわね。四糸乃さんが嘘《うそ》をついていらっしゃるという可能性もあるのでは？」

疑いの目を向けられた三人が口々に言う。

が、そのとき、議論タイム終了《しゅうりょう》のアラームが鳴り響《ひび》いた。

『時間です。投票に移ります』

「なっ、いいところで！」

「まだ絞《しぼ》り切れてないけど……しょうがないわね」

二亜と琴里が悩《なや》むように眉根《まゆね》を寄せながら指を一本立てる。士道たちもそれに倣《なら》って、投票の準備をした。

『では、今日括《くく》る人を一斉《いっせい》に選んでください。せーの――』

マリアの声に合わせて、皆《みな》の指がそれぞれの投票先を示す。結果は――

狂三、四票。

耶倶矢、四票。

夕弦、二票。

『ふむ、狂三と耶倶矢が同票ですね』

「この場合はどうするの？」

琴里が問うと、スマートフォンの画面に、今までとは別の数字が表示された。

『同票の場合、それぞれ一分間の弁明ののち、再度投票に移ります。再投票でも同票だった場合、今日の脱落者はなしとします』

「なるほどね……」

琴里は納得《なっとく》を示すようにチュッパチャプスの棒をピンと立てると、耶倶矢と狂三に視線を向けた。

「じゃあ、耶倶矢からお願い。なぜ折紙に票を入れなかったのか教えてもらえるかしら」

「むむ……」

琴里が促《うなが》すと同時、スマートフォンに表示された数字がカウントダウンを始める。耶倶矢は不服そうに腕《うで》組《ぐ》みしながらも、言葉を発し始めた。

「確かに我も、折紙の定めた約定に思うところがないではなかった。が、それは裏を返せば、自らが勝利すればよいだけの話。ならば敵を倒《たお》すことこそが至上命題であろうが！　我は人狼《じんろう》に非《あら》ず！　炎《ほのお》の御《み》技《わざ》により生命を繋《つな》ぐ者！　我が死のあとに、命の火は灯《とも》らぬと知れ！」

力強く拳《こぶし》を握《にぎ》りながら、演説をするように耶倶矢が叫ぶ。まあ、最後の方は何を言っているかわからなかったが。

『では次は狂三、お願いします』

マリアの声に合わせるように、再びカウントダウンが始まる。今度は狂三が、皆を見渡《みわた》すようにしながら話を始めた。

「わたくしも、大筋では耶倶矢さんと似たような理由ですわ。皆さんの選択《せんたく》も理解できますけれど、選択肢《し》が示されたなら、未来に投資できる方を選ぶよう心がけておりますの。投票先を七罪さんにした理由は──」

そこで狂三は、ぺろりと唇《くちびる》を舐《な》めながら、凄絶《せいぜつ》な笑《え》みを浮《う》かべてみせた。

「敵に回ったとき厄介《やっかい》そうな方は、先に吊《つる》しておいた方がよいと思ったからですわ」

『…………』

精霊《せいれい》たちが無言になる。

……なんというのだろうか。別に正体が確定したわけではないのだが、その言葉が、その表情が——

あまりに人狼っぽ過ぎたのである。

『では、再投票です。せーの——』

果たして、皆の指先は、一斉に狂三を指さした。

「あら、あら。悲しいですわね。信じていただけないだなんて」

狂三はふうと息を吐《は》きながらその場を立つと、折紙と美九の待つ死後の世界へと旅立っていった。

『狂三が処刑《しょけい》されました。では、また夜が来ます。目を瞑《つぶ》ってください』

マリアが淡々《たんたん》とした調子で言ってくる。士道たちはその指示に従って目を閉じ、夜の訪《おとず》れを待った。

『——朝です。目を開けてください。

残念なお知らせです。村の外れで、なんだかすごく面白《おもしろ》いポーズをした耶倶矢の遺体が発見されました』

「えええええっ!?　っていうかなんで私のときだけ変な格好なんだし！」

マリアの無慈悲《むじひ》な宣告に、耶倶矢が悲鳴じみた声を上げる。

「な……」

それを聞きながら、士道は、そして一部の精霊たちは、難しげに眉根を寄せた。

理由は大きく分けて二つ。一つは単純に、まだ人狼を狩《か》れていなかったということに対する懸念《けねん》。

もう一つは――今日の犠牲者《ぎせいしゃ》に耶倶矢が選ばれたということに対する驚《おどろ》きだった。

「どういうことだ……？　耶倶矢には人狼の疑いがかかっていた。本物の人狼にとっては美味《おい》しい目くらましだったはずだ。それをわざわざ殺すなんて……」

士道が唸《うな》るように言うと、二亜が頭をぽりぽりかきながら答えてきた。

「んー……でも、考えられないことでもないよ。そりゃあ人狼的には占い師か霊媒師を襲っておきたいところだったろうけど、まだ騎士《きし》が生きてた場合、無駄足《むだあし》になっちゃうかもしれないしね。その点、人狼容疑のかかってたかぐやんを騎士が守る可能性は低い。短期決戦を狙うならアリだ。まあ、単純にその辺よくわかってなくて、適当に襲っちゃったって可能性もあるけど。あとは――」

「あとは？」

士道が問うと、二亜はニッと唇の端《はし》を歪《ゆが》めながら続けてきた。

「──哀《あわ》れな村人を挑発《ちょうはつ》して楽しんでるか、さ」

『…………っ！』

二亜の言葉に、士道と精霊たちは一斉に息を呑《の》んだ。

するとそんな緊迫《きんぱく》した空気の中、追い打ちをかけるように、スマートフォンからマリアの声が響いてくる。

『皆にもう一つ悲しいお知らせがあります。

──今朝は村に、パンを焼く匂《にお》いがしませんでした』

「ぱ、パン屋ぁぁぁぁぁぁぁぁぁぁぁ────ッ!?」

その宣告に、十香が絶叫《ぜっきょう》を上げた。

「ぐ、ぐううう……そんな、おまえのパンがあったから、私はこれまで……！　う、うう……っ！　見ていてくれ……必ずおまえの無念を晴らしてみせる……！」

などと、目の端に涙《なみだ》を滲《にじ》ませながら、ギリギリと拳を握る。そのただならぬ慟哭《どうこく》に、残った精霊たちは戦慄《せんりつ》し、死後の世界にいる美九は「やーん、私のときもそれくらい嘆《なげ》いてほしかったですぅー」と唇を尖《とが》らせた。

「パン屋……あ」

士道はそこで微かに眉根を寄せた。

……もしかしたら、耶倶矢のあの言葉は、パンを焼くことを示していたのかもしれない。

あれは彼女なりの役職公開のつもりだったのだろうか。

『それぞれ思うところはあるでしょうが、そろそろ議論タイムに入りましょう。今日括る人を選んでください』

マリアの声と同時、またもカウントダウンが始まる。

するとそれに合わせて、六喰が悔《くや》しそうに声を上げた。

「むん……むくが占《うらな》ったのは耶倶矢じゃ。無論、人間じゃった」

「あ……そういうこともあるのか。それはタイミングが悪かったな」

六喰の言葉に、士道は頰《ほお》をかいた。

なるほど、どちらにせよ耶倶矢は容疑者から外れていたらしい。偶然《ぐうぜん》ではあるだろうが、人狼はベストなタイミングで耶倶矢を襲っていたらしかった。

「あ、あたしもあたしも。いやー、かぐやんは残念だったにゃあ」

「…………」

急に六喰に乗っかるように二亜が言ってくる。そのあまりの胡散臭《うさんくさ》さに、精霊たちが半眼を作った。

とはいえ、それが嘘であるという証拠《しょうこ》はない。それに今この場には、二亜よりも容疑が濃厚《のうこう》になってしまった人物が一人、いたのである。

四糸乃が、おずおずと声を上げる。

「狂三さんは人間でした。そして、耶倶矢さんも。ということは、その……」

言いながら、遠慮《えんりょ》がちに夕弦の方を見る。夕弦はそれを否定するように大きく首を横に振《ふ》った。

「弁明。夕弦ではありません。考えてもみてください。もし夕弦が人狼なら、耶倶矢を襲って容疑者を自分一人にしたりはしません」

「あ……」

言われて、四糸乃が目を見開く。確かにその通りだと思ったのだろう。

が、そこに、二亜が口を挟《はさ》む。

「えぇー？　ホントにぃ？　むしろその弁明を用意してたから、あえてスリルを楽しむためにかぐやんいったんじゃないのー？」

「否定。邪推《じゃすい》はやめてください。証拠はあるのですか」

などと、二人がバトルを始める。

とはいえ、一日目に折紙以外に投票してしまったという事実がある分、今日括られるのは夕弦が濃厚であるように思われた。

夕弦が耶倶矢に投票したことが問題なのではない。夕弦以外の容疑者が全員死亡してしまった今、もし夕弦が人狼でなかったとしたなら、真の人狼は一日目に、仲間を殺したことになってしまうので――


「――――」


そこまで考えたところで、士道はぴくりと眉《まゆ》を動かした。

折紙はゲーム開始前に無茶なルールを提案し、皆から警戒《けいかい》されていた。士道も早めに脱《だつ》落《らく》させねばと思っていたし、実際彼女は一日目に括られている。

その流れを読み切っていたならば、真の人狼はあえて仲間を切り捨て、自分に疑いが及《およ》ばないようにしたとは考えられないだろうか。

確かに賭《か》けだ。だが、その判断を下せる決断力と胆力《たんりょく》を兼《か》ね備えた人物に、士道は心当たりがあったのである。

「……六喰。……と二亜」

「むん？」

「ん？　どったの少年」

士道の言葉に、六喰と二亜が首を傾《かし》げてくる。本当は六喰だけでもよかったのだが、自分の正体が二亜に担保されている以上、二亜を外すのも不自然に思われたのだ。

「今日は夕弦が括《くく》られちまうのかもしれない。けど、それでも殺人が終わらなかった場合……占って欲しいやつがいるんだ」

「ふむん……？」

「ほっほー、誰《だれ》よ」

二人が興味深そうに問うてくる。士道はゆっくりと手を掲《かか》げ、とある人物を指さした。

「――琴里、だ」

「…………へぇ？」

士道が言うと、琴里は面白がるように目を細めてみせた。

が、そこで、スマートフォンからアラームが鳴り響《ひび》く。

『投票の時間です。今日脱落させたい人を指さしてください。せーの――』

マリアの号令に合わせ、皆《みな》が一斉《いっせい》に指を指す。

結果は――夕弦が五票、二亜が三票だった。

「無念。ぐ……仕方ありません。皆の奮起に期待します」

夕弦が残念そうに眉根を寄せながら、死後の世界へと歩いていく。耶倶矢や美九が、嬉《うれ》しそうに手招きをしていた。

『夕弦が脱落しました。村は夜を迎《むか》えます。皆、目を閉じてください』

残り七名となった村に、マリアの声が響き渡《わた》る。人狼《じんろう》の跋扈《ばっこ》する夜が、またも訪れようとしていた。


『——朝です。目を開けてください。

嬉しいお知らせです。なんと、今日は死者が出ませんでした』

「え……!?」

「それって、人狼さんがいなくなったってことですか……?」

マリアの言葉に、精霊たちが声を上げる。が、マリアは静かに首を振った。

『いいえ。人狼は未《いま》だ村に潜《ひそ》んでいます。議論を開始してください』

そう言うと同時、カウントダウンがスタートする。士道たちは険しい顔をしながら向かい合った。

「人狼が残ってるのに犠牲者が出なかった……つまり、狙《ねら》われた誰かを騎士が守ったってことだな!?」

士道は少し声を大きくしながらそう言った。実際にはそれだけではなく、人狼が妖狐《ようこ》である士道を狙ったという可能性もあったのだが、できるだけ妖狐の存在を忘れていてほしい士道としては、騎士の存在をアピールする方が都合がよかったのである。

すると、それに合わせるように二亜がパチパチと手を叩《たた》いてみせる。

「だねぇ。騎士様万歳《ばんざい》！　こりゃああたしたちの勝利も近いね！」

「ああ。……で、昨日俺が頼《たの》んだ件だけど――」

士道が琴里をちらと見ながら言うと、琴里が悠然《ゆうぜん》とした調子で、チュッパチャプスの棒を立ててみせた。――まるで、自分に挑《いど》む挑戦者《ちょうせん》を歓待《かんたい》するかのように。

「むん……」

六喰が、頬に汗《あせ》を垂らしながら琴里を指さす。

「妹御《いもうとご》は……人狼じゃった」

『…………！』

六喰の言葉に、十香、七罪、四糸乃が息を呑む。

そんな中、二亜だけがオーバーリアクション気味に、

「えぇっ⁉　何言ってるのムックちん！　妹ちゃんは人間だったよ！」

と、六喰の結果に真っ向から対立してみせた。

それに合わせるように、琴里が大仰《おおぎょう》に肩《かた》をすくめる。

「そうよ、私は人間。どっちの占い師が偽者《にせもの》かと思ってたけど、まさか六喰とはね。驚《おどろ》いたわ。初めてのゲームでそんなに見事なプレイングができるなんて。——逆に二亜は手慣れてて胡散臭すぎ」

「たはー！　こいつは手厳しい！」

二亜がぺちこーん！　と額を叩いてみせる。……その仕草もまた胡散臭かった。

「ぬ……ぬぅ、一体どちらが本当なのだ……？」

十香が混乱したように眉根を寄せる。すると六喰と二亜が、同時に身を乗り出した。

「十香、むくを信じるのじゃ！　妹御は人狼じゃ！」

「騙《だま》されちゃ駄目《だめ》だとーかちゃん！　あたしを信じて！」

「む、むぅ……」

十香が縋《すが》るような目で士道を見てくる。士道は苦笑《くしよう》しながら頭の中で考えを纏《まと》めた。

本物の占い師は六喰。ということは、士道の予想通り琴里は人狼だったのだ。

もう一人の人狼である折紙が既《すで》に死亡している以上、ここで琴里を括れば村人の——否《いな》、生き残った妖狐である士道の勝利が確定する。

十香たちを騙すのは心苦しいが、これはゲームである。士道は小さくうなずきながら口を開いた。

「――六喰の言ってることが正しいと思う。琴里に投票すれば、俺たちの勝利だ」

士道が言うと、十香はパァッと顔を明るくした。

「そうか！　ならば――」

――が、そのときである。

「……ちょっといい？」

十香の言葉を遮《さえぎ》るように、七罪が手のひらを広げたのは。

「七罪……？」

「六喰が本物の占い師で、琴里が人狼。これには異存ない。二亜はさっきから六喰に乗っかってばっかだし。……でも、琴里を吊《つ》るのは少し待って」

「？　どういうことですか、七罪さん」

不思議そうな顔をしながら四糸乃が言う。すると七罪は、陰鬱《いんうつ》そうな顔をしながら続けた。

「……みんな忘れてない？　妖狐の存在を」

「――っ」

不意に妖狐の名を出され、士道はぴくりと肩を揺《ゆ》らした。

「もちろんもう既に脱落してる可能性もあるけど……もし妖狐が生き残ってる状態で勝敗

が確定したら、妖狐の一人勝ちになる。可能なら、妖狐を狩《か》ってから琴里を吊るのがベストよ」

「ふむん……むくが占《うらな》って呪殺《じゅさつ》すればよいということかの？」

六喰が首を傾げながら言う。が、七罪はしばし思案したのち、小さく首を横に振った。

「……いや、それだと遅《おそ》いかも。もし仮に次のターンで妖狐を呪殺できたとしても、その間に一人が吊られて、一人が人狼に襲《おそ》われることになる。もちろん、騎士《きし》が生き残ってて、守護に成功してくれれば話は別だけど……残った人数が四人で、うち一人が人狼、一人が狂人《きょうじん》だった場合、もう私たちに勝ちの目はない。半分の票を押さえられたら、もう人狼を吊ることはできなくなるもの」

「むん、ではどうすればよいのじゃ？」

「……ベストは、今日妖狐を吊って、明日人狼を吊ること。それなら一人は犠牲《ぎせい》になるけど、ギリギリなんとかなるはず」

「なるほど……じゃが、妖狐が誰かわからねば難しいのではないかの」

「ん……」

七罪はふっと目を細めると、残ったメンバーをぐるりと見渡《みわた》した。

「……可能性があるのは二人。でも、十香の態度が演技とは思えない……」

そして、何やらぶつぶつと呟《つぶや》いたのち、

「――ねえ、士道」

狙いを定めるようにして、七罪は、士道の目を見つめてきた。

「な、なんだ？」

「……あんた、確か二亜に占われてたわよね。でも、たぶん二亜は狂人よ。

ねえ、あんたは、騙されてるだけの村人？

それとも――占われた体で生き存えてる妖狐？」

「――っ！」

その言葉に。こちらの全《すべ》てを見透《みす》かすような視線に。士道は、思わず息を詰《つ》まらせた。

「…………」

観察の天才には、それだけで十分だったのだろう。七罪はふっと目を伏《ふ》せると、十香たちに告げるように声を響かせた。

「今日は士道を吊るわ。もし村人だったとしても、明日琴里を吊れば問題ないはず」

その宣言とともに、スマートフォンのアラームが鳴り響いた。

『時間です。投票に移ります。せーの――』

マリアの号令とともに、投票が始まる。

十香たちは、少し逡巡《しゅんじゅん》を見せながらも、士道を指さしてきた。

「お、俺か……」

「……むう。すまぬ、シドー」

十香が申し訳なさそうに眉《まゆ》を八の字にする。士道は苦笑しながら肩をすくめた。

「気にするなって。そういうゲームじゃないか。村人の勝利を祈《いの》ってるよ」

言いながら、ため息とともに立ち上がり、死後の世界へと旅立つ。

「……にしても」

その道中、士道はちらと七罪の横顔を見た。

「……大したもんだよ、まったく」

そして誰にも聞こえないくらいの声でそう呟く。

今さら、狂三の言葉が思い起こされた。なるほど確かに、こういったゲームにおいては、七罪ほど敵に回したくない者もいないかもしれなかった。


『――朝です。目を開けてください。

残念なお知らせです。村の外れで、七罪の遺体が発見されました』

「……あー、うん。まあ、そうくるわよね。じゃ、あとはよろしく」

翌朝。七罪はマリアの宣告に小さくうなずくと、四糸乃と六喰、十香に手を振《ふ》って立ち上がった。まるで、自分が狙われることを予想していたかのように。

……まあ、旅立つ際、死後の世界から笑顔《えがお》で手招きする美九を見て、躊躇《ためら》うように足を止めはしていたが。

残るプレイヤーは十香、四糸乃、六喰、琴里、二亜の五名。

だが、もはや勝敗は決していた。七罪が命を賭《と》して残した言葉により、村人たちは団結を固めていたのだから。

『では、議論を始めてください。今日脱落《だつらく》する人を――』

「いや、もうその必要はない」

マリアの声を遮るように、十香が静かに声を上げた。

「ここで終わりだ、琴里。いや――人狼よ！」

そして、琴里をビッと指さす。その両隣《りょうどなり》に座った四糸乃と六喰も、決意に満ちた目で琴里を見つめていた。

『こう言っていますが、どうしますか、琴里。無論、琴里が異議を唱えるならば議論タイムは平常通り行いますが』

マリアの言葉に、そして三人の視線に、琴里がふうと息を吐《は》きながら肩をすくめる。

「いえ、いいわ。僅《わず》かな議論タイムでこの状況《じょうきょう》を覆《くつがえ》せるとは思えないし。――死人に口なしとは言うけれど、死者の遺《のこ》した言葉は、強く生者の心に残るものなのね。勉強になったわ」

それは、事実上の敗北宣言だった。

マリアがふっと目を伏せながら言葉を続ける。

『わかりました。では今日の脱落者は琴里とします。

――村に夜が訪《おとず》れても、もう犠《ぎ》牲《せい》者《しゃ》は出ませんでした。

おめでとうございます。村に潜《ひそ》んでいた人狼《じんろう》は、残らずいなくなりました』

「おお！」

「やりました！」

「むん……！」

三人がわぁっと色めき立つ。それを祝福するように、死後の世界からも盛大《せいだい》な拍手《はくしゅ》が鳴り響《ひび》いた。

「ちぇー、いいとこまでいったんだけどにゃあ。ていうか妹ちゃんとあたしなら、あそこからでも逆転できたんじゃね？」

ぶー、と唇《くちびる》を尖《とが》らせながら、二亜が自分の手元に伏せられていたカードを捲《めく》ってみせる。

そこには予想通り、狂人のイラストが描《えが》かれていた。

「気持ちのいい負け方っていうのもあるものよ。士道の読み、七罪の観察力、それを信じた十香たち。お見事だったわ」

言って、琴里もまた自分のカードを捲る。その、人狼の描かれたカードを。

それを見ながら二亜は、「妹ちゃんは大人だにゃあ」と笑った。

「きゃー！　やりましたぁ！　十香さん、四糸乃さん、六喰さぁぁん！　格好良かったですぅ！　あ、もちろん七罪さんもぉ！」

次いで、美九が七罪を小脇《こわき》に抱《かか》えながら、死後の世界から村に舞《ま》い戻《もど》り、自分の席に残っていたカードを捲る。そこには、なんと騎士のイラストが描かれていた。

「……うわ、美九あんた騎士だったの？　結構早い段階で死んでたんだ……」

美九に抱えられた七罪が、頬《ほお》に汗《あせ》を垂らしながら自分のカードを表に向ける。終盤《しゅうばん》、怒濤《どとう》の活躍《かつやく》を見せた七罪の役職は、普通《ふつう》の村人だった。

それに端《たん》を発して、死後の世界にいた精霊《せいれい》たちが次々と自分の席に戻り、答え合わせをするかのように自分の役職を明らかにしていく。

折紙は人狼。夕弦、狂三は村人。耶倶矢はパン屋。そして無論、四糸乃は霊媒師《れいばいし》で六喰は占い師だった。

概《おおむ》ね予想通りの役職である。士道もまた元いた場所に戻ると、自分の役職を明らかにしようとした。

――と、そのときである。

「ふむ。――ならば、私の勝ちだな」

不意に十香がそんなことを言って、自分の手元に伏せられていたカードを捲った。

その――妖狐の描かれたカードを。

「へ……っ？」

十香のカードを見て、士道は素《す》っ頓狂《とんきよう》な声を上げた。

否《いな》、士道だけではない、七罪や、他の精霊たちも、驚《おどろ》いたように目を丸くしている。

それはそうだ。何しろ、妖狐《ようこ》は士道の役職だったはずなのである。

まさか、ミスで妖狐のカードが二枚入っていたのだろうか？　士道は慌《あわ》てて自分の手元のカードを捲った。

「な――」

それを見て、またも狼狽《ろうばい》の声を漏《も》らす。

士道の役職は妖狐だった。それは間違《まちが》いない。

だが、今士道が手にしていたのは、普通の村人のカードだったのである。

「う、嘘《うそ》だろ？　俺は確かに妖狐だったはず……」

士道は困惑《こんわく》に眉を歪《ゆが》めたのち、ハッと息を詰まらせて再度十香を見た。

「まさか……すり替《か》え……!?」

すると十香は、普段《ふだん》の朗《ほが》らかな様子からは想像もできない冷酷《れいこく》な表情を浮《う》かべながら、手にした妖狐のカードを示してきた。

「異なことを。何の証拠《しょうこ》があるというのだ、人間」

『──各々《おのおの》の役職ならば、わたしの記録に──』

「ふん」

マリアが言いかけたところで、十香が鬱陶《うっとう》しげに目を細める。

すると次の瞬間《しゅんかん》、マリアの顔が映し出されていたスマートフォンの画面がザザッと乱れ、ついでにぷすぷすと煙《けむり》を吹《ふ》き始めた。

「あ、あたしのスマホぉぉぉぉっ!?」

二亜が悲鳴を上げ、スマホを手に取って、揺すったり叩《たた》いたりする。

が、十香はそれに一瞥《いちべつ》もくれることなく、悠然《ゆうぜん》と士道に向いてみせた。

「もう一度聞こう。証拠があるならば立証してみろ。――もし仮に貴様の言うことが正しかったとして、この遊戯《ゆうぎ》は、そういうルールなのだろう？」

『――！』

十香の言葉に、士道は、そして精霊たちは小さく肩《かた》を揺《ゆ》らした。

確かにその通りである。折紙の初日脱落によって半ば有名無実化してはいたものの、この人狼は００式ルールによって執《と》り行われていた。立証できないイカサマはイカサマではない。ならば、今この結果が全《すべ》てだった。

十香は反論がないことを確かめるように皆《みな》を睥睨《へいげい》し、ふんと鼻を鳴らしながらあごを上げた。

「勝者は常に一人。十香のみが相応《ふさわ》しい」

そしてそう言って、妖狐のカードを士道に向けて放《ほう》ってみせる。

その様子に、士道はたらりと汗を垂らした。

普段の十香からは考えづらい口調に、表情。実際、一部の精霊はその豹変《ひょうへん》ぶりに驚き、声を失ってしまっている。

けれど士道には、この十香に心当たりがあったのである。

そう。──十香の反転体だ。

精霊が反転する際の霊力の異常や、派手な変化は見られなかったものの、今の十香は、あのときの反転体によく似ている気がしたのだ。

「……ちょっと待って。〇〇式ルールが生きてるってことは──」

と、そこで七罪が眉根を寄せながら、絞《しぼ》り出すように声を発してくる。

それを聞いて、士道もまた気づいた。〇〇式ルールの要点は、イカサマを容認《ようにん》することのみではない。生存した勝者が、敗者になんでも一つお願いをすることができるというものだったのである。

『……っ』

士道は、そして精霊たちは、ごくりと息を呑《の》んだ。

普段の十香ならまだしも、こうも豹変してしまった十香が、一体何を言い出すのかと警《けい》戒《かい》したのである。

そんな士道たちの懸《け》念《ねん》を察したように、十香が薄《うす》い笑みを浮かべながら、ゆっくりと唇を開く。

が──

「……む、カレーとハンバーグで迷うところだが……キャンプであることを考えるとやはりカレーか……」

次の瞬間そう言った十香の表情は、士道たちのよく知る十香のそれに戻っていた。

「……え？」

思わず目を剝《む》き、首を傾《かし》げる。すると十香は、不思議そうに士道の顔を見つめてきた。

「む？　お願いを一つしていいのだろう？　ならやはり昼のメニューをリクエストしたいと思ったのだが……」

「あ、いや……」

急にいつもの十香に戻ったものだから、面食らってしまった。士道は誤魔化《ごまか》すように首を横に振った。

一体先ほどの十香はなんだったのだろうか。奇妙《きみよう》な白昼夢を見たかのような気分になって、士道はぽりぽりと頰をかいた。

するとやがて、十香が何かを思いついたようにポンと手を打ってくる。

「決めたぞ。皆にお願いだ」

「あ、ああ。何が食べたいんだ？」

「いや、昼のメニューはシドーに任せることにした。他《ほか》のお願いをしたい」

「他のお願い？」

「うむ」

士道が問うと、十香は皆の顔を見渡《みわた》してから、ふっと微笑《ほほえ》んだ。

「皆、これからもずっと、幸せに暮らしてほしい。それが、私の願いだ」

「――――」

その『お願い』に。

士道はしばしの間、言葉を失った。

十香の言葉が意外だったのもある。けれどそれよりも、そのお願いを口にしたときの十香の表情が、声が、士道の心臓を強く締《し》め付けていたのである。

そう。それはまるで、先ほどのゲームで、皆が死に征《ゆ》くときに遺した言葉のようで――

「……む？　どうしたのだ？」

「！　いや……何でもないよ」

士道が答えると、十香は「そうか！」と元気よく言って、皆が開示したカードを纏《まと》め始めた。

「ならば、もう一度勝負だ！　今度は〇〇式ではないルールでな！」

言って十香が、皆にカードを配り始める。

数瞬の間呆気《あっけ》に取られていた精霊たちではあったが、やがてふっと頬を緩《ゆる》めると、手元に配られたカードを確認し始めた。

「呵々《かか》、面白《おもしろ》い！　次こそは我が力を見せてくれる！」

「応戦。今度は負けません」

「では次はOOO《トリプルオー》式ルールで──」

「……また初日で吊《つ》られるわよ、折紙」

などと口々に言いながら、次のゲームの準備を始める。

「……じゃあ、始めるか」

士道もまた、気を取り直すように息を吐《は》くと、配られたカードを確認し、席に着きなおした。

十香アフター

AfterTOHKA

DATE A LIVE ENCORE 10

四月。天宮《てんぐう》市は東天宮に位置する五河《いつか》家の台所で。

この家の家主である五河士道《しどう》は、トントンというリズミカルな包丁の音を響《ひび》かせていた。

極細《ごくぼそ》に仕上げたキャベツの千切りを皿に載《の》せ、さらにその上にトマトと、からりと揚《あ》げたカニクリームコロッケを盛りつける。

「よし……っと。まあ、こんなもんか」

士道はふうと息を吐《は》くと、エプロンを外して、コロッケの載った皿をダイニングテーブルに運んでいった。

テーブルの上には既《すで》に、ハンバーグやシチュー、溢《あふ》れんばかりに具の挟《はさ》まれたクラブハウスサンドイッチなどが所狭《ところせま》しと並べられている。まるで誰《だれ》かの誕生日を祝うかのような様相だった。

もちろん、一人前の食事としては量が多すぎる。士道がこの昼食を用意したのには明確な理由が存在した。

そう。それは――

「――ただいまだ、シドー！」

瞬間《しゅんかん》、廊下《ろうか》の方からバタバタという足音が響いてきたかと思うと、勢いよく扉《とびら》が開け放たれ、一人の少女が顔を出した。

ふわりと舞《ま》う長い髪《かみ》は夜色。喜色に染まった双眸《そうぼう》は水晶《すいしょう》。ぞっとするほどに美しいその面《おもて》は、しかし今、親しみやすい笑《え》みに彩《いろど》られていた。

その姿に、その表情に、その声に。士道は思わず頰《ほお》を緩《ゆる》めてしまう。

だがそれも無理からぬことではあった。彼女こそは、士道がこの一年間、ずっと焦《こ》がれ続けた少女だったのだから。

「――ああ、おかえり、十香《とおか》」

士道は万感の思いを込《こ》めながら、その言葉を返した。

十香。夜刀神《やとがみ》十香。

かつて士道が出会い、その力を封印《ふういん》した『精霊《せいれい》』。

幾度《いくど》となく士道を支え、助けてくれた、かけがえのない仲間。

そして一年前――士道たちの前から消え去ってしまった少女。

もう二度と会うことができないかと思われた彼女が、今こうして目の前にいる。その奇《き》跡《せき》に、士道は改めて涙《なみだ》を滲《にじ》ませそうになってしまった。

「む、どうしたのだシドー」

「……ああ、いや。思ったより検査、時間かかったなと思ってさ。それよりほら、昼飯、できてるぞ。十香のリクエスト全部盛りの満腹セットだ」

「おお！」

士道が誤魔化《ごまか》すように言いながらテーブルの上を示すと、十香はテーブルに齧《かじ》り付くような格好で目をまん丸に見開いた。

「なんと……！　まさか私が食べたいと言ったもの全部か⁉　てっきりあの中から一つだと思っていたのだが――」

「ん？　ちょっと多かったか？」

士道が悪戯《いたずら》っぽく微笑《ほほえ》みながら言うと、十香はブンブンと首を横に振《ふ》った。そのコミカルな仕草に、またも笑ってしまう。

「せっかくだし熱いうちに食べよう。手洗いうがいを忘れずにな」

「うむ！」

十香は元気よくうなずくと、手早く準備を整え、テーブルに着いた。士道もまたその向かいに腰《こし》かけ、手を合わせる。

「じゃあ、いただきます」

「いただきますだ！」

士道と十香は同時にそう言うと、できたてのご飯を食べ始めた。

今日は平日。他《ほか》の皆《みな》は学校や仕事に行っており、五河家には士道と十香二人きりである。

厳密に言うと士道も大学の講義があったのだが、今日は特別に休ませてもらうことにした。何しろ今日は、十香が久方振りに五河家に戻《もど》ってくる日だったのだ。

――遡《さかのぼ》ること数日、四月一〇日に、十香は士道の前に現れた。

二亜《にあ》曰《いわ》く、『世界の意志』とも言うべき存在が、マナとなって世界に溶《と》けた十香の情報を再構成してくれた――という話だったが、〈ラタトスク〉にとってそれが凄《すさ》まじいイレギュラーであったことは言うまでもない。

いくら二亜が太鼓判《たいこばん》を押そうと、〈ラタトスク〉としては十香と世界、双方《そうほう》の安全を確《かく》認《にん》せざるを得なかった。果たして十香は、皆との再会もそこそこに、〈フラクシナス〉で詳細《しょうさい》な検査を受けていたのである。

とはいえ――

「…………」

士道は、昼食に舌鼓《したつづみ》を打つ十香を眺《なが》めながら、ふっと頬を緩めた。

確かに〈ラタトスク〉の懸念《けねん》もわからないではない。けれど美味《おい》しそうにご飯を食べるその姿は、一年間の空白を微塵《みじん》も感じさせないくらいに『十香』だったのである。

「うむ、美味《うま》い……！　しばらく会っていないうちにまた腕《うで》を上げたな、シドー！」

「はは、そうか？」

士道は照れくさそうに笑いながら、シチューを口に運んだ。

あまり自覚はなかったのだが、確かに十香の言うとおり、不思議と美味しく感じる。まあもしかしたらそれは、目の前に十香がいるからなのかもしれなかったけれど。

やがて、テーブルの上に満載《まんさい》されていた料理が綺麗《きれい》に平らげられる。ちなみに食べた割合は、士道〇・七に対し十香九・三である。十香は満足気にお腹《なか》を撫《な》でながら、幸せそうに息を吐いた。

「ごちそうさまだ！　むう、堪能《たんのう》したぞ……もはや悔《く》いはない」

「いや笑えないからそれ……」

十香の言葉に、思わず苦笑《くしょう》する。すると十香は「ん？」と首をひねったのち、その意味に気づいたように頭を振ってきた。

「すまん、そういう意味ではなくてだな」

「いいよ、わかってるって」

士道はその十香らしい様子に肩《かた》をすくめながら返すと、あとを続けた。

「それより、何か他にしたいことはないか？　今日は休みにしたし、何でも付き合うぞ」

士道の言葉に、十香は少しの間考えを巡らせるような仕草をしたのち、言ってきた。

「したいこと……か。うむ、ならば一つお願いがあるのだが、いいか、シドー」

「もちろん。何がしたいんだ？」

「うむ。それはだな――」

士道が問うと、十香は目をキラキラ輝《かがや》かせながらあとを続けてきた。

◇

「ん――」

来禅《らいぜん》高校一年二組の教室に、授業の終了《しゅうりょう》を報《しら》せるチャイムが鳴り響く。

それに合わせるようにして、五河琴里《ことり》は小さく伸《の》びをした。白と黒のリボンで括《くく》られた髪が椅子《いす》の背もたれをくすぐり、まだ袖《そで》を通して間もない黒のブレザーが、硬《かた》い衣擦《きぬず》れの音を立てながら、その布地に皺《しわ》を刻み込んでいく。

「おや、もう時間ですか」

黒板の前に立った教師が、そう言って手にしていたチョークを置き、そのまま大仰《おおぎょう》な仕草で生徒たちの方に向き直る。その動作の軌跡《きせき》を描《えが》くように、彼女の淡《あわ》いノルディックブロンドがふわりと舞った。

「では、今日はここまでとします。各自、復習を怠《おこた》らないように」

言って号令を済ませ、出席簿《ぼ》や教科書を纏《まと》めて教室を出ていこうとする。

が、次の瞬間、その教師は、特に何もないところで足を滑《すべ》らせ、派手にすっ転んだ。

「はぐ……っ⁉」

どすんと尻餅《しりもち》を突《つ》き、手にしていた出席簿や教科書が、頭の上に降り注ぐ。

突然《とつぜん》のことに生徒たちは目を見開き、慌《あわ》てたようにその場に駆《か》け寄った。

「え、エレン先生！」

「大丈夫《だいじょうぶ》ですかっ⁉」

「……大丈夫です。問題ありません」

英語教師にしてこの一年二組の担任、エレン・メイザースは、目の端《はし》にうっすら涙を浮《う》かべながらも、キリッとした表情を崩《くず》さぬまま立ち上がろうとした。

が、余程《よほど》痛かったのか、生まれたての子鹿《こじか》のように足がぷるぷると震《ふる》えていた。その場にいた生徒の肩を借りる格好で、なんとか立ち上がる。

「んもー、相変わらずだなー」

琴里は苦笑しながら小さく肩をすくめた。

かつては人類最強の魔術師《ウィザード》と謳《うた》われ、琴里たちを苦しめたエレンだったが、顕現装置《リアライザ》なしではとんだドジッ子だったのである。まだ高校が始まって数日程度しか経《た》っていないが、彼女が転ぶのを見たのはもう三度目だった。

「痛そうです……お手伝いした方がいいでしょうか」

と、隣《となり》の席から、心配そうな声が聞こえてくる。見やるとそこに、優《やさ》しげな顔立ちの少女がいることがわかった。琴里とともに今年からこの高校に入学した元精霊、氷芽川四糸乃《ひめかわよしの》である。

その左手に、トレードマークであったウサギのパペットは見受けられない。かつては片時も離すことができなかった親友の『よしのん』は今、四糸乃の鞄《かばん》の中でおねむ中である。そう。四糸乃は一年ほど前から段々と『よしのん』なしでも生活できるようになり、学校にいるときはほぼ一人で活動できるまでに成長を遂《と》げていたのだ。

「大丈夫じゃない？　人手は足りてそうだし」

琴里は、見えないキャンディの棒を揺《ゆ》らすような仕草をしながら言った。

実際、エレンの周りには既《すで》に数名の生徒が集まっていた。入学のときから「ふん、私は生徒と馴《な》れ合う気はありません」、というような冷たい雰囲気《ふんいき》を発していたエレンではあったが、その致命的《ちめいてき》な運動神経の悪さからすぐに醜態《しゅうたい》を晒《さら》し、今では親しみやすい先生の筆頭として生徒に愛されていたのである。

……まあ、優秀《ゆうしゅう》な教師として尊敬されているというより、手のかかるお姉ちゃんとして心配されているように見えなくもなかったが、人気があることに違《ちが》いはあるまい。

と、それを見てか、今度は前の席に座った生徒が二人、琴里たちの方を向いてきた。

「ふむん……しかし意外じゃの。まさかあのエレンが、ああも見事に転ぶとは」

片や、あどけない顔立ちと、それと相反するような暴力的なプロポーションを誇《ほこ》る元精霊――星宮六喰《ほしみやむくろ》。

「そうですか？　DEMにいた頃《ころ》から、普段《ふだん》はあんなもんでいやがりましたよ」

片や、左目の下の泣き黒子《ぼくろ》が特徴《とくちょう》的な、精悍《せいかん》な印象の元魔術師《ウィザード》――崇宮真那《たかみやまな》である。

無論、このように顔見知りが纏まっているのは偶然《ぐうぜん》ではない。

もう皆今の生活に慣れ、霊力逆流の心配もなくなったとはいえ、元精霊《せいれい》たちは一箇所《いっかしょ》に固まっていた方が何かと都合がいいため、全員が同じクラスになるよう〈ラタトスク〉が手を回していたのだ。

とはいえ、こうして席まで固まっているのは完全な偶然だ。現に――

「…………」

琴里はちらと斜《なな》め後ろ――窓際《まどぎわ》の席を見やった。〈ラタトスク〉関係者の中で唯一《ゆいいつ》席が離《はな》れてしまった元精霊・鏡野七罪《きょうのなつみ》が、遠い目で空を見つめている。

クラス分けまでは工作できたのだが、純粋《じゅんすい》なくじ引きで決まる席順を操作することは難しく、結果、なんとも運の悪いことに、七罪だけが皆のグループから離れてしまっていたのである。くじを引いたときの七罪の「……あっ」という声と顔は、未《いま》だ琴里の脳裏《のうり》に焼き付いていた。

まあ、とはいうものの、琴里はさほど七罪の現況《げんきょう》を憂慮《ゆうりょ》してはいなかった。琴里たちと同じクラスであることに変わりはないし、何より、

「――ほら、授業終わりよ七罪さん。なにボーッとしてるの」

「……！　あ、うん。ごめん、花音《かのん》」

七罪の隣の席の女子生徒が、気安い調子で言う。七罪はハッと肩を揺らすと、教科書やノートを片付け始めた。

そう。これまた完全な偶然なのだが、七罪の中学校からの友人・綾小路《あやのこうじ》花音もまた、皆と同じく来禅高校に入学し、同じクラスになっていたのである。

琴里はふっと微笑《ほほえ》むと身体《からだ》の向きを前に戻し、教科書類を鞄《かばん》にしまい込んだ。

今の英語は六時間目。本日最後の授業である。あとは帰りのホームルームを終えれば、帰路に就《つ》けるはずだった。それに倣《なら》うように、周りの皆も帰り支度《じたく》を始める。

やがて、一旦《いったん》職員室に戻ったエレンが教室に戻ってきて（その道中またも躓《つまず》いたのか、ストッキングの膝《ひざ》に小さな穴が開いていた）、簡単な連絡事項《れんらくじこう》を伝えたのち、終了の号令をかける。

琴里は鞄を手に立ち上がると、七罪や花音がやってくるのを待ってから、教室の出入り口を示した。

「さ、じゃあ帰ろっか」

「……ん。そうね」

そう言って教室を出、廊下《ろうか》を歩いていく。放課後の学舎は、下校する生徒や部活に向かう生徒たちが行き交《か》い、賑《にぎ》やかな喧騒《けんそう》に包まれていた。他の生徒の邪魔《じゃま》にならぬよう、二列になって昇降口《しょうこうぐち》へと向かう。

「――あ、五河さん。お帰りですか？」

と、その道中、不意に後方から声がかけられ、琴里は足を止めた。

見やるとそこに、眼鏡をかけた小柄《こがら》な教諭《きょうゆ》がいることがわかる。知った顔だ。琴里はそちらに向き直ると、ぺこりと礼をした。

「はい。さようなら、岡峰《おかみね》――じゃない、神無月《かんなづき》先生」

琴里が訂正《ていせい》すると、岡峰珠恵《たまえ》改め神無月珠恵教諭は、にへらー、とだらしない笑みを浮かべてきた。

「にゅるふふ……まだ慣れませんねぇ。もう一回呼んでもらってもいいですか？」

などと、言いながら、左手の薬指に塡《は》めた指輪をこれ見よがしにアピールしてくる。

琴里が苦笑しながらもう一度「神無月先生」と呼ぶと、珠恵は頰《ほお》を真っ赤に染めながら身体をくねらせた。

そう。かねてより交際していた岡峰珠恵と〈ラタトスク〉副司令・神無月恭平《きょうへい》は、先日ついに入籍《にゅうせき》を果たしていたのである。

ちなみにプロポーズの言葉は、「毎朝私を踏《ふ》んでください。女子中学生コスで」だったらしいが、珠恵は感激のあまり特に疑問にも思わず、二つ返事でOKしたそうだ。

なお神無月は、琴里が中学を卒業した際、「妻《ハニー》に着せたいので制服を譲《ゆず》ってくれませんか」と真顔で言ってきたので、知り得る限りの人体急所に、見様見真似《みまね》の寸勁《すんけい》を叩《たた》き込んでおいた。

とはいえまあ、本人が幸せならば、部外者が口を出すような問題でもない。琴里は曖昧《あいまい》に微笑むと、「それじゃあ」ともう一度礼をしてから歩みを再開した。その後を追うように、四糸乃たちもまた、再び廊下を歩き始める。

「今から帰れば、五時前には家に着けそうね」

「ええ。そういえば、こうしてみんな一緒《いっしょ》に帰るのは久々かもしれねーですね」

琴里の言葉に、真那が返してくる。

確かに、普段よく一緒に登校する琴里たちであるが、帰りも一緒とは限らなかった。

四糸乃、七罪、六喰の三人は、入る部活を決めるために見学を繰《く》り返しているし、早々に剣道《けんどう》部への入部を決めた真那は、既に練習に参加している。〈ラタトスク〉の仕事がある琴里は帰宅部になることが決定しているため、ホームルームの終了と同時に別れるのがここ数日の流れだった。

だが、今日は。

今日だけは、皆《みな》で一緒に帰路に就くことを約束していた。

四糸乃たちも部活見学を一旦止《や》め、真那も事前に休みを申請《しんせい》している。琴里も少し仕事が残っているものの、今日ばかりはまっすぐ家に帰るつもりだった。

それはそうだ。何しろ今日は――

「……ん？」

と。廊下を歩いていた琴里は、そこで微《かす》かに眉根を寄せた。

何やら前方に、人だかりができていたのである。

「ふむん、一体何ごとじゃ？」

「ねー。——あの、何かあったんですか？」

琴里が前方にいた上級生と思《おぼ》しき生徒に声をかける。するとその男子生徒は、額に浮かんだ冷や汗《あせ》を拭《ぬぐ》いながら振《ふ》り向いてきた。

「あ、ああ……今昇降口に、伝説の先輩《せんぱい》が来てるらしいんだよ」

「伝説の先輩……？」

その名に首を傾《かし》げながら、琴里は頭の中で想像を巡《めぐ》らせた。

部活などで伝説的な活躍《かつやく》をしたOBかOG……ということだろうか。今は四月。後輩たちの様子を見に、卒業した先輩が部活に顔を出すのは決して珍《めずら》しいことではない。

が、男子生徒は、険しい顔をしながら続けてきた。

「一年は知らないかもしれないけど、俺たちの間じゃ語り種《ぐさ》さ。……悪いことは言わない。先輩がいなくなるまで待った方がいい。目を付けられたら大変だ」

「そ、そうなんですか……？」

その口ぶりに、琴里はたらりと頬に汗を垂らした。

こうまで恐《おそ》れられているということは、名の知れた不良などだろうか。素行が悪く退学になった元生徒が、悪い仲間を引き連れて母校にやってくる……不良漫画《まんが》やドラマなどではよく見る展開だ。

だが、来禅高校は比較的穏《ひかくてきおだ》やかな生徒が多い学校である。精霊たちを入学させるにあたり、簡単にではあるが〈ラタトスク〉で調査もしている。そんな絵に描《か》いたような不良生徒などはいなかったと思うのだが。

だが、そんな琴里の考えとは裏腹に、辺りにいた他《ほか》の生徒たちもまた、男子生徒の言葉に同調するように口々に言ってくる。

「その先輩は伝説的なプレイボーイで、常に何人もの女子を侍《はべ》らせていたらしい！」

「転入してきた女子生徒は、全員その毒牙《どくが》にかかってたとか……！」

「自宅は別名『僕だけの動物園』って呼ばれてて、女の子を監禁《かんきん》する檻《おり》まで用意されてるって話だ！」

「…………ん？」

と、琴里が首を捻《ひね》っていると、前方の人だかりがにわかにざわめき出した。

「き、来たぞ……！　先輩だ！」

「女子を隠《かく》せ！　絶対に目を合わせるな！」

などと、村に野盗《やとう》が攻《せ》めてでもきたかのような叫《さけ》びが響《ひび》く。

「ええと……」

「ど、どうしましょう、琴里さん……」

琴里たちが、一体どうしたものかと戸惑《とまど》っていると、やがて人垣《ひとがき》が左右に割れ、その『伝説の先輩』とやらの姿が露《あら》わになった。

「え」

「むん？」

「おや」

「おにーちゃん？」

それはそうだ。何しろそこにいたのは、琴里の兄・五河士道だったのだから。

そしてその姿を見て、思わず目を見開く。

琴里が言うと、士道はこちらの存在に気づいたように小さく手を振ってきた。

「あ、いたいた。ようやく見つけたよ」

そして、来賓《らいひん》用のスリッパをペタペタと鳴らしながら、琴里たちの方に歩いてくる。そのたび周囲からざわめきが巻き起こった。

「……おにーちゃん、なんかものすごい恐れられてるみたいだけど……」

琴里が半眼を作りながら言うと、士道は特に気にしていない様子で、至極《しごく》朗《ほが》らかな笑みを浮《う》かべてきた。

「はは、俺がどれだけこの学校にいたと思ってるんだ？

――この程度の雑音、もう鳥のさえずりくらいにしか感じない」

「……そ、そっか」

琴里は頰を痙攣《けいれん》させるように苦笑《くしょう》した。精霊たちとの生活は、図《はか》らずも士道の心を鋼《はがね》の如《ごと》く鍛《きた》え上げていたらしい。……その状況《じょうきょう》を作り出してしまった〈ラタトスク〉の司令としては、ちょっぴり責任を感じないでもない琴里だった。

「それより、どうかしやがりましたか、兄様。高校に何かご用でも？」

琴里の隣《となり》にいた真那が、首を傾げながら問う。そう、士道は琴里の義兄であると同時に、真那の実兄でもあるのだ。

「おにーちゃん……？　兄様……？」

「三人兄妹《きょうだい》？　でもあれ、二組の五河さんと崇宮さんでしょ？　苗字《みょうじ》が違《ちが》うんだけど……」

「まさか、お兄様と呼ばされてる系の……」

琴里と真那が発した呼称《こしょう》を巡って、ざわめきがさらに大きくなる。

が、士道はやはり気に留めるでもなく、そよ風を浴びるような顔であとを続けた。

「ああ、ちょっとな。――みんなの近況を知りたいっていうもんだから」

「え？」

士道の言葉に、目を丸くする。

すると士道はふっと目を伏《ふ》せながら、一歩横に身体をずらした。

まるで、自分の後方に控《ひか》えた誰《だれ》かを示すように。

「──────」

士道の背後から歩み出てきた人影《ひとかげ》を見て。

琴里は、思わず息を呑《の》んだ。

否《いな》、琴里だけではない。真那も、四糸乃も、七罪も、六喰も。

皆一様に表情を驚愕《きょうがく》の色に染めている。

だがそれも無理からぬことではあった。

何しろ、そこに控えていたのは──

「──うむ。皆、久しぶりだな。ふふ、来禅の制服もよく似合っているぞ」

そう言って優《やさ》しげに微笑《ほほえ》む、夜色の髪《かみ》の少女だったのだから。

「十香──」

半ば無意識のうちに、その名が唇《くちびる》から零《こぼ》れる。

無論琴里も他の皆も、一年前に消え去ってしまった彼女が復活を遂《と》げたことは知っていた。皆一度はモニタ越《ご》しに顔を合わせていたし、琴里に至っては、検査中に幾度《いくど》か会話を交《か》わしてもいる。

それゆえ当然、その検査が、まさに今日終わるということも知っていた。だからこそ今日は皆、他の予定をキャンセルして、まっすぐ家に帰ろうとしていたのだから。

そう。心の準備は十分にできているはずだった。何を話すかも考えていたはずだった。

けれどこうして改めて目の前に彼女が現れると、言葉にならない感情が次々と押し寄せ、何も喋《しゃべ》れなくなってしまうのだった。

すると十香は、そんな琴里たちの様子に苦笑した。

「む……驚《おどろ》かせてしまったか？　学校に来るのならこの服かと思ったのだが……」

言って、自分の装《よそお》いを示すように視線を下げる。

今彼女はその身に、琴里たちと揃《そろ》いの制服を纏《まと》っていたのである。その姿は、まさに琴里たちの記《き》憶《おく》にある十香そのものだった。

その装いのためか、周囲の生徒たちから、「あ、あの美少女は誰だ？　まさかもう一人毒牙に？」「いや待て。あれは一年前から休学してた夜刀神先輩……？」「なっ、あれが⁉　五河先輩が僕だけの動物園に閉じ込めたって噂《うわさ》の⁉」などという囁《ささや》き声が聞こえてくる。

まあ、士道は例の如く気に留めていないようだったが。

「十香さん——」

その場に縫《ぬ》い付けられたように立ちすくむ少女たちの中、最初に動きを取り戻《もど》したのは

四糸乃だった。感極《きわ》まった様子で廊下《ろうか》の床《ゆか》を蹴《け》り、まるで転げ落ちるかのような勢いで十香の胸に飛び込む。

「十香さん、十香さん、十香さん……！」

「……うむ、うむ。私だぞ、四糸乃」

「う、あ、あ——」

十香が優しく四糸乃を抱《だ》き留め、その背を撫《な》でると、四糸乃は嗚咽《おえつ》を漏《も》らしながら肩《かた》を震《ふる》わせ、さらに強く十香の胸に顔を押しつけた。

——それが、契機《けいき》だった。

「十香……！」

「……十香——」

「十香！」

「十香さん……！」

琴里たちは呪縛《じゅばく》から解き放たれたかのように床を蹴ると、一斉《いっせい》に十香に殺到《さっとう》した。押しくらまんじゅうでもするかのように密集し、感情のままにぎゅうっと十香を抱き締《し》める。

「うむ——皆、会いたかったぞ。待たせてしまってすまない」

十香は心に満ちる思いを言葉に込《こ》めるようにそう言うと、一人一人を強く、強く抱き締め返してきた。

◇

「みんなご苦労様！　てなわけで、かんぱーい！」

「乾杯《プロージット》！」

「呼応。乾杯《かんぱい》です」

「乾杯」

天宮市内にある居酒屋の個室で。

本条《ほんじょう》二亜の音頭《おんど》に合わせ、幾《いく》つものグラスが軽快な音を立てた。

「…………」

鳶一折紙《とびいちおりがみ》は手にしたグラスを傾《かたむ》けると、中に注がれていた液体を一気に喉《のど》の奥に流し込んだ。炭酸の強い刺《し》激《げき》と柑橘《かんきつ》系の爽《さわ》やかな香《かお》りが、口腔《こうこう》を通り抜《ぬ》ける。

「っひゅー、強いねオリリン」

二亜が下手くそな口笛を吹《ふ》きながら拍手《はくしゅ》をしてくる。

それを見てか、向かいに座っていた八舞耶倶矢《やまいかぐや》がやれやれと苦笑した。

「いや、強いって、何に……？　ノンアルコールでしょこれ」

「微笑《びしよう》。野暮《やぼ》なことは言いっこなしです。こういうのは雰囲気《ふんいき》が大事なのです」

その隣に耶倶矢の双子《ふたご》の姉妹《しまい》・夕弦《ゆづる》が、ふっと微笑みながらグラスに口を付ける。

瓜二《うりふた》つといっていいくらいにそっくりな顔立ちをした双子であるが、実際のところ二人を見分けるのはそう難しくなかった。髪型や体型などの特徴《とくちよう》も無論あるのだが、もっとも大きなポイントは、大学に入学してから共通の制服を着なくなったことだろう。

大学生然としたキレイめコーデが多い夕弦に対し、耶倶矢は高校の頃《ころ》よりは大人しくなったものの、黒ベースの服を好んだり、よく腕《うで》にシルバーを巻いていたりしているため、そこそこ距離《きより》があっても二人を判別することが可能になっていたのである。

夕弦の言葉に、二亜があっはっは、と笑いながらグラスを傾ける。当然ではあるが、二亜のグラスに注がれていたのは正真正銘《しようしんしようめい》のお酒だった。

「そーそー。雰囲気に酔《よ》うのよかぐやん。――てゆーかみんな真面目《まじめ》だにゃあ。大学生なんて酒飲んでナンボなとこあるじゃん。一八も二〇も誤差みたいなもんだって」

などと、早々に頬《ほお》を赤くした二亜が、楽しげに手をひらひらさせながら笑う。

するとそれを聞いてか、奥の席に腰《こし》かけた少女が、スマートフォンを操作し始めた。

「【速報】漫画家《まんがか》・本条蒼二《そうじ》、打ち上げで未成年の少女に飲酒を強要――」

「ちょっと何呟《つぶや》こうとしてんのロボ子!?」

二亜がくわっと目を見開きながらそちらを向く。しかし少女——マリアは、表情を変えることもなく淡々《たんたん》と続けた。

「いえ、遵法《じゅんぽう》意識の低い時代後れな不良漫画家に、SNSの怖《こわ》さを教えてあげようかと」

「や、やだなぁ、軽いジョークじゃん。お酒はハタチになってから！　……だからそのスマホおいてくださいおねがいします」

二亜が顔中に冷や汗《あせ》を浮かべながら平伏《へいふく》する。マリアは半眼を作りながらふうと息を吐《は》くと、スマートフォンをホーム画面に戻し、鞄《かばん》にしまい込んだ。

「わたしとしてもアルバイト先がなくなってしまうのは好ましくありません。一応著名人なのですから迂闊《うかつ》な言動は控えてください」

「ほーい……」

二亜が、酔いの覚めたような表情で返事をする。

するとマリアは、次いで暗算をするように指を折り始めた。……無論、〈フラクシナス〉のAIである彼女の演算性能は人間の比ではない。簡単な計算程度にそのような動作を要するはずはないのだが、まあこれも彼女なりのこだわりなのだろう。マリアは日頃から、人間的な仕草を好む傾向《けいこう》があった。

「では、忘れないうちに請求《せいきゅう》金額を伝えておきます。インターフェースボディ三体、一〇時間拘束《こうそく》で、合計六〇万円です。月末までに所定の口座に振《ふ》り込んでおいてください。

──皆《みな》も、早めに請求した方がいいですよ」

などと言いながら、折紙たちの方に視線を寄越《よこ》してくる。

そう。別に折紙たちは、ただ飲み会をするためだけに集まったわけではない。二亜の原《げん》稿《こう》の締切《しめきり》が今日だというのに人手が足りないということで、急遽《きゆうきよ》駆り出されていたのである。この飲み会はあくまで、仕事を終えたあとの打ち上げだった。

「気に入らない」

折紙はグラスの底をコツンとテーブルに当てると、細く息を吐いた。──ほんの少しだけ、心中に満ちる不満を表すように。

するとニ亜が、申し訳なさそうに手を合わせてくる。

「ごめんってばぁ……急に悪かったとは思ってるよー」

「違う」

が、折紙は静かに首を横に振った。

すると八舞姉妹が、うんうんとうなずいてくる。

「然《しか》り。せっかく手伝ったんだから、もっといい店連れてってくれてもいいのにである」

「首肯《しゆこう》。なぜ格安チェーン店なのですか。まあ、二亜のイメージには合っていますが」

八舞姉妹の言葉に、二亜が唇を尖《とが》らせた。

「ぷぇー、大学生なりたてのくせになっまいきー。大衆酒場には大衆酒場の良さがあるの。あたしハムカツは分厚いのよりペラペラのやつのが好きだし。ま、ワンランク上の店に連れてってほしければ、ちゃんとお酒飲めるようになってから――」

「そういうことでもない」

折紙はぴしゃりと二亜の言葉を遮《さえぎ》るように言った。

作業を手伝わされたこと自体は別に構わないし、店に文句があるわけでもない。

折紙が不満を覚えているのは、もっと別のことだった。

「――こんな理由を用意されなくても、士道と十香の再会を邪魔《じゃま》するつもりはなかった」

折紙が言うと、八舞姉妹が同意を示すようにやれやれと肩をすくめた。

「ふん。まあ、それはそうであるな。我らを見くびるでない」

「同意。気を回しすぎです、二亜。夕弦たちにもそれくらいの分別はあります」

そんな三人の反応に、二亜が「あー……」と苦笑《くしょう》する。

そう。今日は、復活した十香が、〈フラクシナス〉での精密検査を終えて、五河家に帰ってくる日だったのである。

高校組に比べて、大学生である折紙たちは時間に融通《ゆうずう》が利《き》く。それこそ、講義を休んで士道とともに十香を五河家で待っていることも不可能ではなかった。

それゆえ、少しでも士道と十香の時間を作ってあげようと、二亜が気を回して、わざわざ折紙たちを呼び寄せたのだろう。まったく、余計な心配をしたものである。

が、そんな三人を見てか、マリアがジトッとした半眼を作った。

「皆、誤魔化《ごまか》されてはいけません。確かにその理由もあったのかもしれませんが、原稿の進捗状況《しんちょくじょうきょう》が悪かったのは本当です」

「せっかくいい話で終わろうとしてんだから水差さなくてもいいじゃんよぉ！」

マリアの言葉に、二亜が悲鳴じみた声を上げる。相変わらずなその様に、八舞姉妹が可笑《おか》しそうに笑った。

と――

「……おんや？」

そこで、二亜のスマートフォンから着信音が響《ひび》く。二亜が眼鏡の位置を直しながら、通話ボタンをタップした。

「はいはーい。なっつん？　あー、学校終わったの？　ちょうどよかった。みんないるからこっちおいでよ。うん、いつもの店。はい。はーい」

言って、二亜がスマートフォンをテーブルに置く。その姿に、耶倶矢が声を投げた。

「七罪？」

「ん。なんか仕事場の方に誰《だれ》もいないから連絡《れんらく》くれたみたい。どしたんだろね。夕飯時まで時間つぶしにきたのかな？」

二亜がそう言いながらビールを呷《あお》ると、マリアが疑わしげな視線を向けた。

「まさか、いつもの癖《くせ》で七罪にも救援《きゅうえん》メールを送ってはいないでしょうね？」

「え？　やだなぁ、いくらあたしでもそんな凡《ぼん》ミスは……」

二亜が言葉の途中《とちゅう》で、スマートフォンの画面をスクロールさせる。

そののち、自信満々に言葉を続けた。

「――そんな凡ミスはしないって！」

「いや今絶対途中で不安になってたじゃん！」

「確信。間違《まちが》ってメールしていないか確認《かくにん》していました」

八舞姉妹が突《つ》っ込みを入れる。二亜は「てへっ☆」と昔の漫画のように舌を出して誤魔化した。まあ、本当に誤魔化せているかは怪《あや》しいところだったが。

と、それから何分が経《た》った頃だろうか、二亜たちが何くれとない話をしていると、やがて扉《とびら》が開き、部屋に新たな来訪者が訪《おとず》れた。

「ここか！　邪魔をするぞ！」

「――っ」

その声に、姿に、思わず目を見開く。

だが、それも当然だ。

何しろそこに現れたのは、折紙たちの予想とは異なる人物だったのだから。

「久しぶりだな！　折紙、耶俱矢、夕弦、二亜！　それにマリアも、その姿は久々だ！」

そう。個室に入ってきたのは、先ほど二亜に電話を寄越した七罪ではなく――

世界意志により再生された、夜刀神十香その人だったのである。

「へっ⁉　とーかちゃん⁉」

「は⁉　嘘《うそ》！」

「驚愕《きょうがく》。なぜここに」

二亜、耶俱矢、夕弦が表情を驚愕の色に染め、身を乗り出す。唯一《ゆいいつ》マリアだけが、落ち着いた様子でそれを眺《なが》めていた。

「おう、やってるな」

「……制服で居酒屋とか、いいのかしら」

「あはは……」

『だいじょーぶだいじょーぶ。一人でも成人がいればセーフって話だしねー』

十香に次いで、士道や、七罪を始めとした高校組、四糸乃の左手に装着されたウサギのパペット『よしのん』などが顔を覗かせる。それなりの広さを誇《ほこ》っていたはずの個室が、一気に満員状態になってしまった。

「な、何さ何さみんなして。何これドッキリ？　ロボ子の差し金？」

「失礼ですね。わたしは一切関与《いっさいかんよ》していません。まあ、十香たちがここに向かっていたことは察知していましたが」

言いながら、マリアがふっと目を伏《ふ》せる。察知はしていたが、それを告げてしまうような無粋《ぶすい》な真似《まね》はしない、とでも言うように。

するとと十香が、大仰《おおぎょう》にうなずきながら続けてきた。

「私がお願いしたのだ。皆のところに行きたいと。――私がいなかった間、皆が何をしていたのか知りたいと」

そう言って、耶倶矢、夕弦、二亜、マリアと、順に手を取り、固く握手《あくしゅ》を交《か》わしていく。マリアと夕弦は優《やさ》しく微笑《ほほえ》み、二亜は照れくさそうに笑い、耶倶矢は涙目《なみだめ》になって夕弦にからかわれていた。

そして――

「――折紙。久しぶりだ」

最後に、十香は折紙に手を差し出してきた。

一年前。折紙の前から消えたあの姿で。折紙の記憶《きおく》に残ったあの声で。

「うん」

折紙は短くそう答えると、差し出された手を取り、固く、固く握《にぎ》りしめた。

十香もまたそれに応《こた》えるように、ニッと微笑みながら手を握り返してくる。

右手を介《かい》して、十香の手の感触《かんしょく》が、その体温が、微《かす》かな脈拍《みゃくはく》が、確かに伝わってくる。

夢でも、幻《まぼろし》でもない、実物の十香。その存在感は、一年という空白を微塵《みじん》も感じさせなかった。

──ならば、もはや容赦《ようしゃ》は必要あるまい。

折紙は静かに目を細めると、ぽつりと言葉を零《こぼ》した。

「あなたは非常に幸運。戻《もど》ってきたのが今でよかった」

「ぬ？　どういうことだ？」

十香が不思議そうに首を傾《かし》げてくる。折紙は声の調子を変えぬまま続けた。

「もし戻ってくるのがあと一年遅《おそ》かったら、士道は完全に私のものになっていた」

「んな……っ⁉」

「──ぶふぅッ⁉」

折紙の言葉に、十香が目を剝《む》き、その後方にいた士道が激しく咳《せ》き込む。

「な、何を言っているのだ折紙！　そのようなことが――」

「甘い。もう私も士道も一八歳。ここからは大人の時間。高校生のときのように悠長《ゆうちょう》な真似はしない。というか――」

折紙は左手でスマートフォンを取り出すと、一枚の写真を表示させて十香に示した。

「――もう既《すで》に私と士道は結婚《けっこん》している」

その、ウェディングドレスを着た折紙と、タキシードを着た士道のツーショット写真を。

「こっ、これは……!?」

画面に表示された写真を凝視《ぎょうし》し、十香が目をまん丸に見開く。他《ほか》の少女たちも脇《わき》からそれを覗《のぞ》き込んで、愕然《がくぜん》とした表情を作った。

「し、士道さん……？」

「何じゃこの写真は、主様《ぬしさま》」

「詰問《きつもん》。マスター折紙の言うことは本当ですか、士道」

「いやそんなわけないだろ!?　ただ式場で写真撮《と》っただけだよ！　ていうか折紙、その写真みんなには見せないでくれって言ったよな!?」

皆に詰《つ》め寄られ、士道が悲鳴じみた声を上げる。

折紙は目を伏せながら、小さく首を横に振《ふ》った。

「私もそのつもりだったけれど、事情が変わった。――それに、この写真は私のカメラで秘密裏《り》に撮影《さつえい》していたもの。士道が見せるなと言った写真とは別」

「すっごい屁理屈《へりくつ》言うなおまえ⁉」

士道が言うと、十香が頰《ほお》を膨《ふく》らせながら折紙に向き直ってきた。

「やはり結婚などしていないではないか！　勝手なことを言うな！」

「本当になるのは時間の問題。あなたのいない一年間、私と士道は、ここでは言えないあんなことやこんなことをして愛を深めてきた」

「な、な……！」

十香が顔を真っ赤に染めながら士道の方を見る。士道がブンブンと首を横に振った。

それを見て、またも十香がハッと目を見開く。

「ま、また騙《だま》したな折紙！」

「私は『あんなこと』『こんなこと』と言っただけ。それで何を想像するかはあなた次第《しだい》。責任転嫁《てんか》も甚《はなは》だしい」

「うぐぐ……屁理屈ばかりこねおって！　とにかく！　おまえにシドーは渡《わた》さんぞ！」

「それはこちらの台詞《せりふ》」

十香と折紙は先ほどよりもさらに強く、ギリギリと音がするくらいに手を握り合いながら、鋭《するど》い視線を交わした。

「…………」

「…………」

だが、やがて十香が、堪《こら》えきれないといった様子で小さく噴《ふ》き出す。

「……ふ。まったく、相変わらずだな、折紙は」

言って、やれやれと肩《かた》をすくめながら笑ってくる。

それを見て、折紙も思わず笑ってしまった。

「あなたも。——また会えて嬉《うれ》しい」

折紙がそう返すと、他の少女たちが、珍《めずら》しいものを見るような視線を送ってきた。

「ほえー、めっずらぁー。オリリンが笑ってる」

「呵々《かか》、いい顔をするではないか。いつもそうしていればよいものを」

「……微笑ましい光景のはずなのに裏を感じるのは日頃《ひごろ》の行いが原因よね」

などと、口々に好きなことを言う。折紙が表情を無にしてそちらを向くと、七罪が白々しく目を逸《そ》らした。

と、そこで十香が何かを思い出したように、辺りをキョロキョロ見回し始める。

「そういえば、狂三《くるみ》と美九《みく》はどうしたのだ？　てっきり一緒《いっしょ》にいるものかと思っていたのだが」

「あー、くるみんはたぶん自分ちだねぇ。一応救援メール送ったんだけど、今忙《いそが》しいってフツーに断られちった。で、みっきーは――」

言いながら、二亜がスマートフォンを操作してから十香に向けてみせる。

そこには、美しい衣装《いしょう》を身に纏《まと》い、煌《きら》びやかなステージで歌い踊《おど》る美九の動画が映し出されていた。

「おお――これは!?」

十香が目を見開きながら動画を凝視する。説明するように士道が続けた。

「美九はちょっと前から、活動拠点《きょてん》をアメリカに移しててさ。今向こうでどんどん人気を伸《の》ばしてるらしいぞ」

「なんと……！　アメリカというのはあの大きな国のことか!?　さすがは美九だな！」

十香は納得《なっとく》を示すようにうんうんとうなずいたのち、少し残念そうに息を吐《は》いた。

「しかし、そうか。出来れば美九にも会いたかったが、次の帰国を待たねばならないな」

それに応ずるように、マリアがこくりと首肯《しゅこう》する。

「そうですね。あと三〇秒は待っていただかねばならないかと」

「うむ。………む？」

十香が仕方ない、というようにうなずいたのち、不思議そうに首を捻《ひね》る。

すると、それからきっかり三〇秒後。

個室の扉《とびら》が、再びがらりと開け放たれた。

「――十香さぁぁぁぁぁんっ！　世界のミク・イザヨイ、十香さんのために海を越《こ》えて帰って参りましたぁぁぁぁぁぁぁ――っ！」

そして、やたらと派手なステージ衣装を身につけた少女が、感涙《かんるい》に噎《むせ》び泣きながら飛び出《だ》してきて、そのまま十香にはしっと抱きつく。突然《とつぜん》のことに、十香が目を白黒させた。

「み、美九⁉　アメリカにいたのではなかったのか⁉」

「十香さんが戻って来られる日に、私が欠席するはずないじゃないですかぁっ！　だいじょーぶ！　ちゃんと今日の仕事は済ませてきましたし、出入国の手続きは〈ラタトスク〉にゴニョゴニョしてもらいました！」

限りなくグレーなことを自信満々に叫《さけ》びながら、美九がドンと胸を張る。皆《みな》の視線を浴びたマリアが、「なんのことやら」と肩をすくめた。

「あっ、そうだ！　十香さんにお土産《みやげ》があるんですよぉ！」

「ぬ？　お土産……？」

「はいー！　〈ラタトスク〉の小型艇《てい》でここに送ってもらう途中《とちゅう》に拾ってきたんですぅ！　さ、どうぞ入ってくださいー！」

美九が満面の笑《え》みを浮《う》かべながら、扉の方に手招きをする。

すると、やれやれといった様子を漂《ただよ》わせながら、モノトーンのドレスに身を包んだ少女が歩み出てきた。

「まったく、人を捨て猫《ねこ》さんのように言わないでくださいまし」

艶《つや》やかな黒髪《くろかみ》に白磁の肌《はだ》。そして左右揃いの色をした双眸。

その姿を見て、十香が驚《おどろ》きを露《あら》わにした。

「――狂三⁉」

「ええ、お久しぶりですわね、十香さん」

十香が名を呼ぶと、かつて最悪の精霊《せいれい》と呼ばれた少女――時崎《ときさき》狂三は、その物騒《ぶっそう》な異名に似合わぬ優《やさ》しげな微笑《びしょう》を浮かべた。

それを見てか、二亜が不満そうに唇《くちびる》を尖《とが》らせる。

「えー、くるみん忙しいって言ってたじゃーん。来れるなら原稿《げんこう》手伝ってくれてもよかったのにー」

「二亜さんの尻《しり》ぬぐいはご勘弁《かんべん》願いたいところですけれど、十香さんがいらっしゃるのであれば話は別ですわ」

狂三がつんと目を伏せながら言う。

二亜は「まぁー！　くるみんたらひどーい！」とオーバーリアクション気味に身をくねらせたが、皆がさもあらんと首肯するのを見てか、気まずそうに肩をすぼませた。

「あっはいスミマセン……今度からちゃんと締切《しめきり》守ります……」

そして、消え入るような声でそう言う。まあ、誰《だれ》もその言葉を信じてはいないようだったが。

「はは……まあ、とにかく、だ」

士道が苦笑しながら、気を取り直すようにパンと手を叩《たた》く。

「これでみんな揃《そろ》ったんだ。十香に教えてやろうぜ。──この一年、俺たちの周りで何があったのか」

その言葉に、少女たちは一斉《いっせい》にうなずいた。

するとそんな皆を見渡《みわた》すように十香が視線を巡《めぐ》らせ、小さく咳払《せきばら》いをする。

「では、改めて」

そして十香は、弾《はじ》けるような笑顔で続けた。

「──みんな、ただいまだ！」

◇

そうして、なだれ込むように十香の歓迎会《かんげいかい》は始まった。

居酒屋の個室は少々手狭《てぜま》ではあったけれど、むしろ今このときはそれが望ましいように思われた。肩が触《ふ》れ合うくらいにぎゅうぎゅう詰《づ》めなこの状況《じょうきょう》が、むしろ楽しくて仕方なかったのである。

皆で飲み物を注文し、改めて乾杯《かんぱい》をする。

それからは、もうフリータイムである。士道たちは皆で十香を囲み、この一年で起こったトピックを次々と紹介《しょうかい》していった。

「な、なんと！　あのエレンが琴里たちの担任をしているのか!?　それにタマちゃんと神無月が結婚……!?」

驚愕《きょうがく》の情報を耳にした十香が、目をまん丸にしながら身を乗り出す。とはいえその気持ちもわからなくはなかった。仮に士道が同じことを聞いたとしても、似たような反応を返すに違《ちが》いない。

「そうそう。びっくりだよな。――あ、山吹《やまぶき》のやつは卒業式の日に隣《となり》のクラスの岸和田《きしわだ》に告白して、無事ＯＫをもらったらしいぞ」

「おお……！　本当か！　やったな亜衣《あい》！」

士道の言葉に、十香がグッと拳《こぶし》を握《にぎ》る。山吹亜衣は士道たちの元クラスメートであり、十香とも仲がよかった。時折恋愛《れんあい》相談を受けてもいたようだったし、その結末は伝えておかねばと思っていたのである。

そういえば、亜衣麻衣美衣《まいみい》を始めとするクラスメートには、十香は家庭の事情で休学することになったとしか説明されていなかったはずだ。今度機会があったなら、彼女らのもとにも十香を連れていってあげようと思う士道だった。

「あ、そうそう。告白といえば、中学で真那がかなりモテちゃって。一年間で一〇回も告白されたのよ」

と、次いで琴里が、ポンと手を叩きながら言う。十香が「ほう！」と興味深そうに目を輝《かが》かせた。

「え？　そうなのか？　それは俺も初耳だな」

それに合わせるように士道が言うと、何やら真那が、気まずそうに頬をかいた。

「こ、琴里さん。その話は今いいじゃねーですか」

「なぜだ？　すごいことではないか！」

十香が無邪気《むじゃき》に言うと、真那は困ってしまったように腕組《うでぐ》みした。

するとと七罪が、補足をするように言ってくる。

「……一〇回中九回が女子からの告白だったんだっけ?」

「な、なるほど……」

士道は不思議な納得感とともに苦笑した。……兄の士道が言うのも何なのだが、真那はそのすらりとした立ち姿に精悍《せいかん》な顔つき、気っ風のよい性格と、女の子に憧《あこが》れられる要素を幾《いく》つも備えているように思われたのである。

「で、でも、残り一人は男子だったんだよな?」

「それは小学生の男の子だったらしいわ」

「あー……」

「真那は格好いいからな。憧れてしまうのも仕方ないだろう」

「はは……まあ、褒《ほ》められたと思っておきます」

十香の言葉に、真那が苦笑しながら肩をすくめる。

と、その話題で新たな情報を思い出したのか、耶俱矢がピンと人差し指を立てた。

「そうそう、マジでびっくりしたのはあれ。美衣と殿町《とのまち》、最近付き合い始めたらしいわよ」

「な……!? そ、そうなのか!? では麻衣は——」

十香が再び驚愕に目を見開く。

するとその問いに答えるように、今度は夕弦がこくりとうなずいた。

「説明。亜衣麻衣美衣は今もよく一緒に遊んでいるようですが、亜衣と美衣がデートのときは、麻衣は大学で仲良くなったまいんと二人で出かけるそうです」

「まいん⁉　誰だそれは⁉」

聞き覚えのない名に、十香が困惑《こんわく》したように眉根《まゆね》を寄せる。

その反応が面白《おもしろ》かったのか、耶倶矢と夕弦が同時に笑った。

……ちなみに士道も初めて聞く名前だったので、十香同様ちょっと驚いていた。まいん。一体何者なのだろうか。

ともあれ、そこからも話題は絶えることなく、歓迎会は延々と続いた。

六喰が髪を切ったこと。四糸乃や七罪の苗字《みょうじ》が判明したこと。耶倶矢と夕弦が過去を思い出したこと。二亜が漫画《まんが》家《か》仲間と交流を再開したこと。それに——並行世界の十香のこと。

時間がどれだけ過ぎても、話し足りない。

だが、それも当然だ。

皆には、話したいことが山ほどあって。

十香には、聞きたいことが山ほどあったのである。

一年という空白の時間を丹念《たんねん》に埋《う》めるように。会えなかった時を否定するように。士道は、皆は、己《おのれ》の経験を十香と共有していった。

——そして、どれくらい時間が過ぎただろうか。

六喰や四糸乃たちが、少し眠《ねむ》そうに目を擦《こす》り始めた頃《ころ》、二亜が皆の注目を集めるようにパンパンと手を叩いた。

「はいはい、みんな注目ー。そろそろいい時間だし、お会計しちゃおっか」

皆が会話を止《や》め、各々《おのおの》ちらと時計に目をやる。いつの間にそんなに時間が経《た》ったのだろうか、もう一〇時近いことがわかった。二亜たちはまだしも、高校組はそろそろ家に帰らねばならない時刻である。

「うむ、そうだな。まだまだ話し足りないが、皆明日もあることだし——」

と、十香がうなずきながら言いかけると、二亜がニッと唇を歪《ゆが》めた。

「んんー？　何言っちゃってるのとーかちゃん。誰がこれでお開きって言ったー？」

「む……？　どういうことだ？」

「夜はまだまだこれからだぜー？　少年の家に移動して二次会に決まってるじゃん！　あそこなら、ムックちんたちがおねむになっても問題なし！　最後の一人になるまでのデスレースが始まるぜぇー！　徹夜《てつや》飲み会は大学生の特権ってね！」

「お、おお……!?」

二亜の宣言に、十香が汗《あせ》を滲《にじ》ませながら目を丸くする。士道はあははと苦笑した。

「徹夜まではやり過ぎかもしれないけど、まあ、せっかくの機会だしな。うちなら問題ないぞ。な、琴里」

「ええ。ただし、寝《ね》るときは歯磨《はみが》きを忘れないこと」

言って、琴里が片目を閉じる。するとマリアが、やれやれといった様子で二亜を見た。

「というか、自分をしれっと大学生の枠《わく》に入れているあたりが厚かましいですね」

「徹夜が大学生の特権とするなら、常に徹夜している漫画家はある意味大学生なのではないか?」

二亜がクイクイと眼鏡を動かしながら、論ずるように言う。マリアがため息交じりに半眼を作った。

「ま、そうと決まれば移動移動。お会計お願いしまーす!」

会計を済ませるため、二亜が元気よく店員を呼ぶ。士道たちはそれを待ってから、皆《みな》で店を出た。

ちなみに、先ほど「今日はあたしの奢《おご》り」と気前のいいことを言っていた二亜だったが、家に財布《さいふ》を忘れてきていたらしく、涙目《なみだめ》で琴里とマリアにお金を借りていた。

「──ふぅ、さすがにもう真っ暗だな」

夜空を見上げながら、小さく呟《つぶや》く。街の明かりに照らされた空に、まばらに星が煌《きら》めいていた。

「うむ、では行くか」

「ん、そうだな」

「あ、途中《とちゅう》コンビニ寄っていい？　ビール買いたいんだけど」

「まだ飲まれますの、二亜さん……」

などと、そんな会話を交《か》わしながら、五河家への道を歩いていく。

飲食店の建ち並んだ大通りから、住宅街に近づいていくに従って、段々と明かりが少なくなり、虫の声が大きくなっていった。

と、その道中。

「──そういえば」

折紙が、何かを思い出したように声を上げた。

「十香は、これからどうするの？」

「む？　シドーの家に行くのではないのか？」

十香がキョトンとしながら小首を傾《かし》げる。折紙は「違う」とあとを続けた。

「今後の進路のこと。確か十香は、高校を休学している扱《あつか》いになっていたはず」

「あー……」

言われて、士道は頰《ほお》をかいた。他《ほか》の少女たちもまた、似たようなリアクションを取る。

「確かにそうであるな。普通《ふつう》に復帰するとなれば高校三年生からだろうが——」

「懸念《けねん》。同年代に知り合いがいないというのも寂《さび》しそうです」

「むん。ならばむくたちと一緒《いっしょ》に一年生になるかの？」

「十香さんと一緒に高校生……楽しそうです。でも、十香さんはやり直しになっちゃいますね……」

言って、少女たちが各々考えを巡《めぐ》らせるような仕草を見せる。

するとそこで、二亜が「はいはーい！」と手を挙げた。

「進路に迷ってるなら、あたしのスタジオにメシスタント兼《けん》ポーズモデルで就職するってのはどうかな⁉　お給料はずむよー？」

唐突《とうとつ》な勧誘《かんゆう》に、皆がたらりと汗を垂らす。

が、それに触発《しょくはつ》されたように、美九や狂三も声を上げた。

「えぇーっ！　そんなのズルいですぅ！　それなら私と一緒にアメリカ行きましょうよアメリカ！　十香さんとならデュオで世界獲《と》れちゃうと思いますー！　英語の方はほら、

顕現装置《リアライザ》脅威《きょうい》のメカニズムで何とかしていただく方針でぇ！」

「あら、あら。それならばわたくしのところにいらっしゃいませんこと？　世界意志によって再生された存在……うふふ、興味が尽《つ》きませんわ」

「む、むぅ……？」

急に三方向から熱烈《ねつれつ》なラブコールを受けた十香が、困惑するように後ずさる。

すると琴里が、二亜、美九、狂三の頭を順に小突《こづ》いた。

「こーら。十香が困ってるでしょ」

そして軽く咳払《せきばら》いをし、十香に向き直る。

「確かに、それはこっちでも考えてたことよ。でも、一番大事なのは十香の希望よね。──十香はどうしたい？　始原の精霊《せいれい》が消えたとはいえ、〈ラタトスク〉の理念は変わらない。可能な限り、あなたの希望を叶《かな》えられるよう協力するわ」

「むぅ、私は……」

十香が悩《なや》むように腕組みする。琴里は小さく肩《かた》をすくめながら続けた。

「まあ、今すぐ決めなきゃならないことでもないし、少し考えてみてちょうだい」

「うむ……そうだな。そうす──」

と。

ゆっくりとした歩調で歩きながら喋《しゃべ》っていた十香が、川辺の並木道に差し掛《か》かった辺りで、不意に言葉と足を止めた。

「……？　どうかしましたか、十香さん」

「いや――」

四糸乃の問いに、十香が目を細める。その様子に、他の皆が不思議そうな顔をした。

「あ――」

が、この場で一人、士道だけは、十香のその表情の意味に気づいていた。

そう。この桜並木は、かつて十香と士道、そしてもう一人の十香である天香《てんか》と訪《おとず》れた思い出の場所であり――

数日前、士道と十香が再会を果たした、運命の場所であったのだ。

とはいえ、今士道の目の前に、あのときと同じ光景が広がっていたわけではない。

時刻が違《ちが》うのはもちろんのこと、道の両側に沿うように立ち並んだ桜の木には、もうほとんど花が残っていなかったのである。

桜の花が見られる時期は限られている。わずか数日間とはいえ、花が散ってしまうには十分に過ぎる時間だったのだろう。

十香が、感慨《かんがい》深げに息を吐《は》き、続ける。

「ここは桜並木でな。春になると、それはそれは見事な景色になるのだ。うむ……それこそ、私が今まで見た光景の中で、一、二を争うくらいに美しかった」

「あら、そうでしたの」

「でも、もう散っちゃったみたいですねぇ。残念ですぅ」

「うむ……惜《お》しかったな。あと数日早く私が帰って来られていたなら、皆にも見せられたのだが」

「十香……」

少し残念そうに言う十香に、士道は小さく首を振《ふ》った。

「何言ってるんだよ。これから見る機会なんて何度でもある。来年だって、再来年だって、みんなで見に来れば——」

と。士道が言いかけた、まさにそのときであった。

不意にごうっという音が鳴り、辺りに突風《とっぷう》が巻き起こったのは。

「わ……っ!?」

「きゃっ……」

「目がぁっ、目がぁぁぁぁっ！」

皆が思わず目を瞑《つぶ》り、二亜がややオーバーなリアクションを取る。

数秒後、風が止むのを待ってから、士道はゆっくりと目を開けた。

「凄《すご》い風だったな。みんな、大丈《だいじよう》……」

が、そこで、思わず言葉を止める。

しかしそれも当然のことではあった。

何しろ、士道が目を閉じていたわずか数秒の間に、辺りの光景が様変わりしていたのだから。

「な――」

川辺に並んだ桜の木々。

花が散り、枝葉のみになったそれが今。

――見事な満開の姿を示していたのである。

「は……っ、え……!?」

「あら、あら――」

「桜が……？　な、何がどうなっておるのじゃ？」

街灯と月明かりに照らされた見事な夜桜を見上げ、少女たちが表情を驚愕《きようがく》の色に染める。

それはそうだろう。一瞬《いつしゆん》前まで散っていた花が復活しているというのだ。四糸乃や六喰は夢でも見ていると思ってか頬を抓《つね》り、二亜は酒の影響《えいきよう》を疑ったのか、目をゴシゴシと擦ったのち、皆の反応を確かめていた。

「──おお──」

そんな中、十香だけが、目を丸くしながらも、桜並木に走っていった。

するとそれに合わせるように、再び風が吹《ふ》き、花吹雪《はなふぶき》が巻き起こる。

夜闇《よやみ》に揺《ゆ》らめく、桜色のカーテン。

その光景は、何の冗談《じょうだん》でもなく、目眩《めまい》がするほどに美しかった。

「見ろ皆！　綺麗《きれい》だろう！」

十香が桜の花びらをぶわっと舞《ま》わせながら、満面の笑《え》みを向けてくる。

すると、最初は戸惑《とまど》っていた少女たちも、やがて一人、また一人と並木道に駆《か》け、乱れ舞う花吹雪にその身を委《ゆだ》ねていった。

「うおおお！　吶喊《とつかん》！」

「競争。負けません。ていやー」

「あっ、ずるい！　あたしも！」

「……はは」

その幻想《げんそう》的な光景を見ながら、士道は喉《のど》から笑みが漏《も》れるのを感じた。

全く不可解な現象ではある。始原の精霊がこの世界から消えた今、大規模な顕現装置《リアライザ》でも使用しなければ、このような風景を作り出すのは不可能だろう。怪奇《かいき》現象と言っても差し支《つか》えない、異常な光景だ。

けれど士道にはそれが、十香を祝福する優《やさ》しい奇跡《きせき》に見えて仕方なかったのである。

そう。それはまるで――

世界が、十香の帰還《きかん》を歓迎《かんげい》するかのような光景であったから。

「――シドー！　琴里！　決めたぞ！」

薄紅《うすべに》のベールを纏《まと》った十香が、並木道の入り口に立った士道と琴里に声を投げてくる。

士道は琴里と一瞬顔を見合わせたのち、そちらに向き直った。

「決めたって、何をだ？」

「私の進路だ！　ようやく腹が決まった！

いや……きっと、この世界で再び意志を得たときから！　ここでシドーと出会った瞬間から、決まっていたのだ！

私は――」

そして十香は――弾《はじ》けんばかりの笑みを浮《う》かべながら、その選択《せんたく》を、口にした。

◇

数日後。

あの夜の満開が夢だったかのように、川沿いの並木道には、緑に色づいた葉桜が並んでいた。

そんな、風景の様変わりした並木道を――

「――ほら、早くしないと遅刻《ちこく》するぞ。今日が初めての大学だっていうのに」

「むう、すまん。だが、朝ごはんが美味《おい》しすぎる方にも問題があるのではないか……？　明太子《めんたいこ》に九条《くじょう》ネギとごま油があそこまで合うとは……あんな飯の友を出されては、おかわりをするなという方が無理な話だぞ……」

「おいおい……じゃあ明日からあれはなしにするか？」

「なっ、そ、それは……！」

「……冗談だって。そんな世界の終わりみたいな顔するなよ」

賑《にぎ》やかな会話を交《か》わしながら。

二人の大学生が、歩いていた。

あとがき

お久しぶりです橘公司《たちばなこうし》です。短編集もついに二桁《けた》。『デート・ア・ライブ アンコール10』をお送りしました。いかがでしたでしょうか。お楽しみいただけたなら幸いです。

表紙は前巻の予告通り六喰《むくろ》。髪《かみ》を切ったあとのバージョンと迷いましたが、時系列的に散髪《さんぱつ》前の話が多かったのでこちらに。口絵と合わせて一冊で二度美味《おい》しい。

書き下ろし口絵は、22巻後の日常をイメージして描《えが》いていただきました。「あなたは！」「大学生の『わたくし』！」これはサークルで姫《ひめ》やってますね間違《まち》いない。

そして狂三《くるみ》といえば、『デート・ア・バレット』のアニメもついに公開となりました！ 脚本《きゃくほん》はなんと東出《ひがしで》さん書き下ろし！ かなり力の入った出来になっておりますので、是非《ぜひ》チェックしてみてください！

では各話解説に入ろうと思います。ネタバレが含《ふく》まれますのでご注意ください。

○狂三フレンド

今巻のコンセプトは、本編20巻の天香空間《てんか》の中の物語です。全《すべ》てが丸く収まったご都合主義の世界。そんな世界の中で狂三が夢見たのは、親友・山打紗和《やまうちさわ》の存在でした。

紗和さんとの話は一度やっておきたかったので、書けてよかったです。なおドラマガ収録の関係で一番目に配置されていますが、時系列的には『精霊《せいれい》ワーウルフ』のあとの話というイメージです。

○十香《とおか》プレジデント

「十香が社長になる話とかどうですかね」という担当氏の無茶振《ぶ》りから生まれた話。最初はどうしたものかと思いましたが、いざ書いてみると意外と纏《まと》まってくれました。

サングラスと肩掛《かたが》けコートでマフィアのボスみたいになった十香が好き。自伝的経営論『夜刀神《やとがみ》十香、大きなこ』のネーミングがお気に入りです。ちなみに書いている最中イメージしていたのは『こち亀《かめ》』で両津《りょうつ》が事業に手を出す回でした。

○真那《まな》アゲイン

真那が昔の親友と再会する話。勘《かん》の良い読者の方はお気づきになっていたかもしれませんが、本編18巻に登場した真那のド親友・穂村遥子《ほむらはるこ》は、のちの琴里《ことり》の母・五河《いつか》遥子です。竜雄《たつお》先輩《せんぱい》はお父さん。ドラマガに『五河ペアレンツ』が再掲《さいけい》されたこともあり、せっかくだからもう一度出そう&真那と再会させてあげたい、ということでこの形に。

○精霊キャンピング

精霊たちの卒業旅行が見たい！　ということで始まったお話。とはいえ雪山も行ったし無人島も行ってるので、どこに行こうかとなったところでキャンプに。

みんながわいわい仲良くしている挿絵《さしえ》がお気に入り。それぞれの作ったものを発表するタイプの話は結構好きなのですが、この人数になってくるとさすがに短編の枠《わく》に収まらなくなってしまうため、チーム戦に。折紙《おりがみ》と七罪《なつみ》の技術力がとどまるところを知らない。

○精霊ワーウルフ

キャンプ二日目！　だが天気は雨だった。ということで人狼《じんろう》をやることに。

人狼を小説で書いて面白《おもしろ》くできるかなあと思ったものの、最初に役職を設定したら、あとは各キャラの性格に沿って流れを組んでいく形なので、わりとスムーズに決まりました。

むしろ役職決めが一番難航したかもしれない。狼《おおかみ》の挿絵がキュート。妖狐《ようこ》は難しい役柄《やくがら》ですが、これで勝つともの凄《すご》く気持ちいいのでお試《ため》しあれ。

○十香アフター

本編22巻後のお話。これだけ他の話と時系列が異なり、現実世界での話となります。22巻の結末は、これ以上ないものができたと思っているのですが、まあそれはそれとしてそのあとの話もちょっとくらい見たいよね。ということで、22巻後のみんなをちょっとだけ覗《のぞ》ける話となっております。こういうことができるのが短編集の強みですよね。十香と皆の再会。そして十香の進む道。皆の未来に幸《さち》多からんことを。

……と、なんだか『アンコール』も最終巻みたいな雰囲気《ふんいき》になってしまっていますが、実はもうちょっとだけ続くんじゃ。

『アンコール11』の表紙は一体誰《だれ》なのか!?　また次巻でお会いできることを楽しみにしております!

二〇二〇年七月　橘　公司

初出

FriendKURUMI

狂三フレンド

ドラゴンマガジン2019年9月号

PresidentTOHKA

十香プレジデント

ドラゴンマガジン2019年11月号

AgainMANA

真那アゲイン

ドラゴンマガジン2020年1月号

CampingSPIRIT

精霊キャンピング

ドラゴンマガジン2020年7月号

WerewolfSPIRIT

精霊ワーウルフ

ドラゴンマガジン2020年9月号

AfterTOHKA

十香アフター

書き下ろし

DATE A LIVE
ENCORE 10

富士見ファンタジア文庫

デート・ア・ライブ アンコール10

令和２年８月20日　初版発行

著者――橘《たちばな》　公司《こうし》

発行者――青柳昌行

発　行――株式会社KADOKAWA
〒102-8177
東京都千代田区富士見2-13-3
0570-002-301（ナビダイヤル）

印刷所――株式会社暁印刷

製本所――株式会社ビルディング・ブックセンター

※定価はカバーに表示してあります。
●お問い合わせ
https://www.kadokawa.co.jp/（「お問い合わせ」へお進みください）
※内容によっては、お答えできない場合があります。
※サポートは日本国内のみとさせていただきます。
※Japanese text only

ISBN978-4-04-073270-1 C0193 ◇◇◇

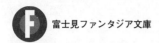